Dr. med. Irmgard Huber • Dr. med. Wolfgang Lackner



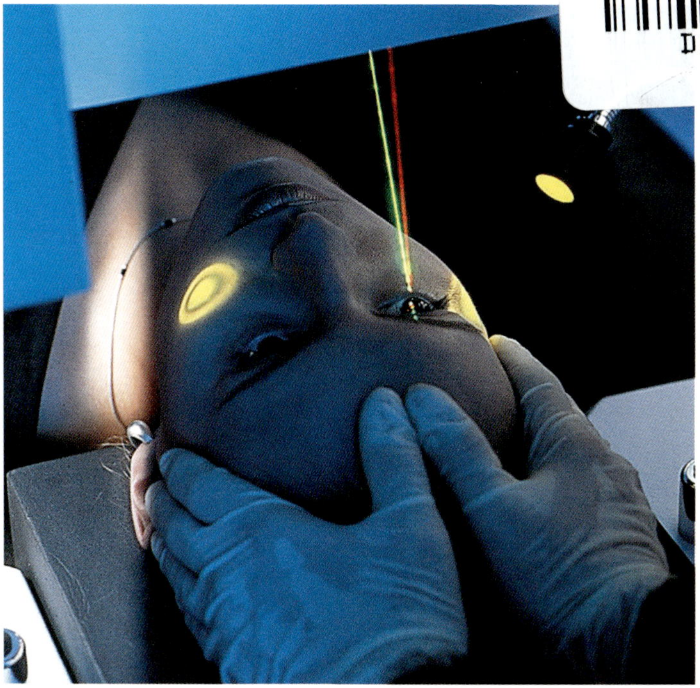

# Augenlaser

## Die Erfolgstherapie bei Fehlsichtigkeit

südwest

# Inhalt

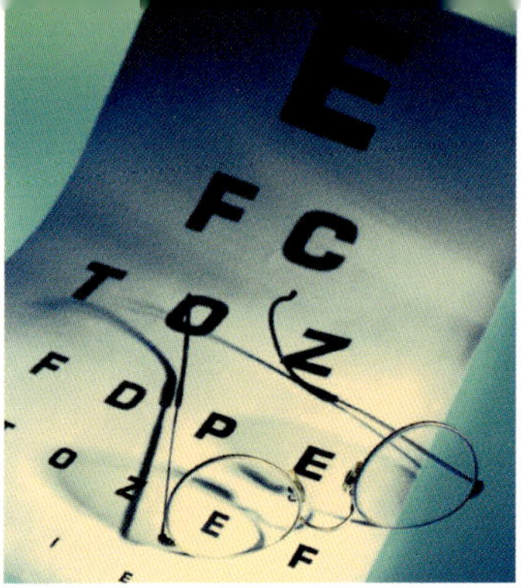


*Immer mehr Menschen in den Industrieländern leiden an Fehlsichtigkeit – statistischen Erhebungen zufolge sind es hierzulande rund 50 Millionen.*



*Das gesunde Auge sieht nur Farben, Flächen und Bewegung. Erst unser Gehirn leistet den eigentlichen Sehvorgang, indem es diese Elemente mit bekannten Mustern vergleicht. Das Ergebnis: Wir sehen – beispielsweise ein Pferderennen.*

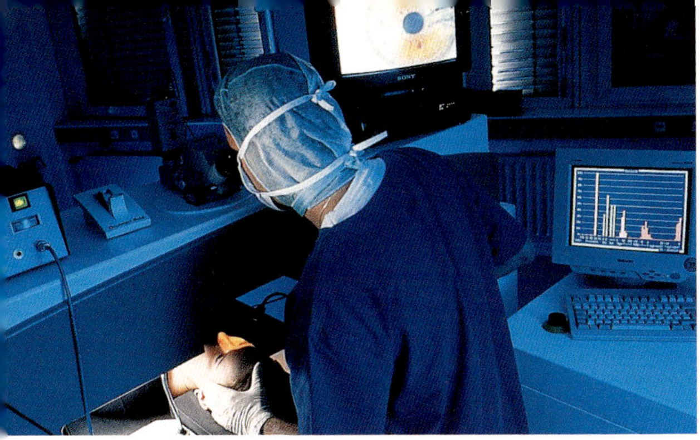

*Neue Chancen für Fehlsichtige: Die enorme Entwicklung der Laserbehandlung in den letzten Jahren macht ein Leben ohne Brille oder Kontaktlinsen möglich.*

*Manche Menschen sind mit ihrer Brille zufrieden, manche empfinden sie als sehr störend. Letztere haben mittlerweile die Möglichkeit, der Sehhilfe den Laufpass zu geben.*

# Ein Wort zuvor

Keine andere der modernen Operationsmethoden ist in den vergangenen Jahren so übertrieben gelobt und gleichzeitig so grundlos verdammt worden wie die refraktive Augenchirurgie mit dem Excimer-Laser. Einerseits wird dem »Laser« seit seinen ersten Einsätzen in Medizin und Technik jedes Wunder zugetraut, andererseits wurden einige wenige Unglückliche unter den vielen zufriedenen Patienten als abschreckende Beispiele von der Presse vervielfältigt. Meist waren deren Behandlungen in den Anfangsjahren dieser Methode erfolgt – zum Teil auch in Unkenntnis aller jetzt bekannten Zusammenhänge.

Deshalb ist es an der Zeit, dem Laien, der an der Funktion seiner Augen und an den heute zur Korrektur seines Brechkraftfehlers zur Verfügung stehenden Methoden interessiert ist, ein Buch an die Hand zu geben, das alle Fragen zu diesem Thema in verständlicher Form beantwortet.

## Aufklärung ist gefragt

Aus den vielen Patientengesprächen zu diesem Thema sind mir die übertriebenen Erwartungen ebenso gut bekannt wie die übertriebene Angst, mit der man dieser Behandlung ohne eine geeignete Aufklärung gegenübersteht.

Sachlich korrekt sollte man sich über eine Behandlungsmethode informieren können, die heute schon zum medizinischen Alltag gehört. So können Sie schon vor einem individuellen Gespräch herausfinden, ob Ihre Augen sich für eine refraktive Laserbehandlung eignen werden und ob Ihre Erwartungen in Bezug auf die Ergebnisse, die diese Laserbehandlung erzielen kann, zu erfüllen sind. Dies wollen wir mit diesem Buch ermöglichen.

*Dr. med. Wolfgang Lackner*

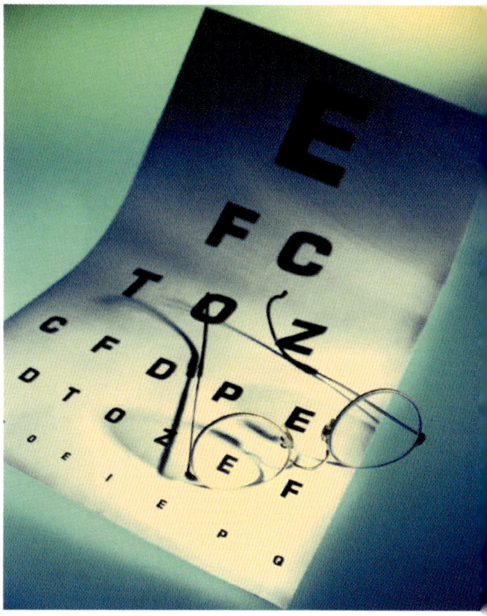

*Neue Hoffnung für viele Fehlsichtige: Laseroperationen am Auge machen in vielen Fällen die Brille überflüssig.*

# Das gesunde Auge

*Das Auge ist eines unserer wichtigsten Organe. Es leistet seine Aufgaben vom frühen Morgen bis spät in die Nacht, ohne dass wir uns dessen immer bewusst sind. Unsere Augen erkennen Farben und Bewegungen, außerdem nehmen sie räumlich wahr. Innerhalb von Sekundenbruchteilen reagiert das Gehirn darauf. So fangen wir einen Gegenstand, der gerade fällt, im letzten Moment auf, oder wir retten uns durch einen Sprung zurück vor einem zu knapp vorbeirasenden Auto.*

*Unsere Augen sehen, doch erst durch die Verarbeitung der Sinneseindrücke im Gehirn können wir auch erkennen, was wir sehen.*

# Der Aufbau des Auges

In diesem Kapitel erhalten Sie einen Überblick, wie unsere beiden wichtigen Sinnesorgane funktionieren.

## Tränen – flüssiger Schutz für die Augen

Unsere Augen sind vielfältigen Umwelteinflüssen ausgesetzt. Staub und Schmutz belasten sie, durch starken Zug oder durch Erreger sind Infektionen möglich. Um sich zu schützen, produzieren die Augen in Drüsen die salzhaltige Tränenflüssigkeit – etwa einen halben Liter pro Tag. Die Augenlider verteilen sie durch ihren ständigen Lidschlag als feinen Film auf dem Auge. Dadurch werden Schmutzpartikel ausgespült. Die Tränenflüssigkeit bewahrt außerdem den Augapfel vor dem Austrocknen und ermöglicht es ihm, sich geschmeidig zu bewegen.

## Lederhaut und Hornhaut – die äußere Augenschicht

So vielfältig die Aufgaben und Fähigkeiten der Augen auch sind, so klein sind sie selbst: Das Auge hat eine Länge von nur 2,5 Zentimetern. Der kugelförmige Augapfel (Bulbus oculi) sitzt in seiner knöchernen Augenhöhle, eingebettet in ein weiches Fettpolster. Drei Schichten bilden die Wand des Augapfels:

- Die Lederhaut
- Die Aderhaut
- Die Netzhaut

Der Augapfel ist von der robusten weißen Lederhaut umgeben. Diese knapp einen Millimeter dicke Lederhaut ist reich an Fasern und sehr flexibel und gewährleistet daher dem Auge – besser als ein Knochen – Schutz bei Berührungen oder Stößen.
Die Lederhaut geht im vorderen, stärker gewölbten Teil des Auges in die durchsichtige Hornhaut über, durch die das Licht ins Auge einfallen kann. Die gesunde Hornhaut ist etwa einen halben Millimeter dick und frei von Blutgefäßen. Sie hat eine Brechkraft von 43 Dioptrien.

**info**

Wimpern und Brauen fangen Schweiß und Fremdkörper ab und schützen so die Augen gegen schädliche äußere Einflüsse. Auch der Lidreflex dient dem Schutz der Augen.

## Die Bindehaut

Die Lederhaut wird im vorderen Augenbereich von der Bindehaut bedeckt, einer flexiblen Augen-

Unersetzlich und lebenswichtig sind unsere Augen, daher müssen wir sie schonen und schützen – nicht umsonst heißt die Redewendung »etwas wie seinen Augapfel hüten«.

**info**

Woher kommt eigentlich die Farbe unserer Augen? Die lichtundurchlässige Pigmentschicht auf der Innenseite der Regenbogenhaut schimmert bläulich, daher die Farbe »blauer« Augen. Bei »braunen« Augen sind zusätzlich dunkle Pigmente in der Iris eingelagert.

schleimhaut. Sie ist mit den Rändern der Hornhaut fest verwachsen, schützt das Auge nach außen hin und dichtet es ab. Auch die Innenseite der Augenlider ist mit Bindehautgewebe bedeckt. Drüsen in der Bindehaut produzieren Tränen und Schleim und sorgen so dafür, dass das Auge nicht austrocknet. Die Blutgefäße der Bindehaut werden bei einer Bindehautentzündung oder einer starken Reizung des Auges sichtbar, wenn sie sich vergrößern.

## Die Aderhaut

Wenn wir Angst haben oder aufgeregt sind, weitet sich die Pupille. Das liegt daran, dass sich ein Irismuskel aufgrund der Adrenalinausschüttung, die das vegetative Nervensystem verursacht, anspannt – und die Pupille weitet sich.

Unter der Lederhaut umschließt die Aderhaut (Chorioidea) den Augapfel. Während die Lederhaut fast keine Adern enthält – daher ihre weiße Farbe –, ist das Gewebe der Aderhaut stark mit Blutgefäßen versorgt. Sie kleidet lediglich den hinteren Teil des Auges aus und versorgt dort die lichtempfindlichen Zellen in der Netzhaut mit Sauerstoff und Nährstoffen. Nach vorn hin verdickt sie sich und geht in die Ziliarkörper und -muskeln über, die die Augenlinse fixieren und deren Nah- und Fernstellung bewirken.

## Die Regenbogenhaut

Der Raum hinter der Hornhaut, die vordere Augenkammer, ist mit klarer Flüssigkeit gefüllt. Dahinter liegt die ringförmige, farbige Regenbogenhaut (Iris). Mit Hilfe zweier Muskeln kann die Iris die Größe des Sehlochs in ihrer Mitte, also der Pupille, erweitern oder verengen. So regelt sie die Menge des einfallenden Lichts, genau wie die Blende bei einer Kamera. Lichtstrahlen, die neben der Pupille auf die Iris fallen, werden hier absorbiert.

## Die Augenlinse

Hinter Regenbogenhaut und Pupille liegt die farblose Augenlinse. Ähnlich wie die Linse beim Fotoapparat bündelt sie die Lichtstrahlen, die ins Auge einfallen. An ihrem Platz festgehalten wird sie von feinen Fasern, die am Ziliarkörper rund um die Linse aufgehängt sind. Die Linse ist ein elastischer Körper; die Fasern ziehen sie durch ihre Zugwirkung flach. Ein ringförmiger Muskel im Strahlenkörper bewirkt dagegen bei Kontraktion eine Linsenwölbung. Durch dieses Wölben oder Abflachen der Linse stellt sich das Auge auf das Nah- und Fernsehen ein. Im Ruhezustand ist die Linse auf das Fernsehen eingestellt. In dieser Position verharrt sie schließlich im älter werdenden Auge – wir benötigen dann eine Lesebrille für das scharfe Sehen in der Nähe.

### *Der Glaskörper*

Hinter der Augenlinse schließt sich der Glaskörper an. Er füllt den größten Teil des Augapfels aus. Der Glaskörper ist keine feste, sondern eine durchsichtige gallertartige Masse.

## Die Netzhaut

Durch Hornhaut, Pupille, Augenlinse und Glaskörper fällt das Licht schließlich auf die Netzhaut, die reich an Nervenzellen ist. Die Netzhaut (Retina) liegt an der rückwärtigen Innenseite des Auges und besteht aus zehn Schichten. Acht durchsichtige Schichten durchqueren die einfallenden Lichtstrahlen auf ihrem 2,5 Zentimeter langen Weg durch das Auge, bevor sie zu den so genannten Lichtsinneszellen gelangen: den Stäbchen und Zapfen in der neunten Schicht.

### *Stäbchen und Zapfen*

Während die Stäbchen nur hell oder dunkel melden und das Sehen bei schwacher Beleuchtung ermöglichen, können die Zapfen Farben unterscheiden. Eine dunkle Pigmentschicht (die zehnte und letzte der Schichten) kann sich bei star-

Den Augenhintergrund kann der Augenarzt direkt betrachten. Mit Hilfe einer starken Lampe beleuchtet er durch die Pupille die Netzhaut und sieht Veränderungen wie Risse, Löcher oder Ablösungen.

**Schematischer Aufbau des Auges**

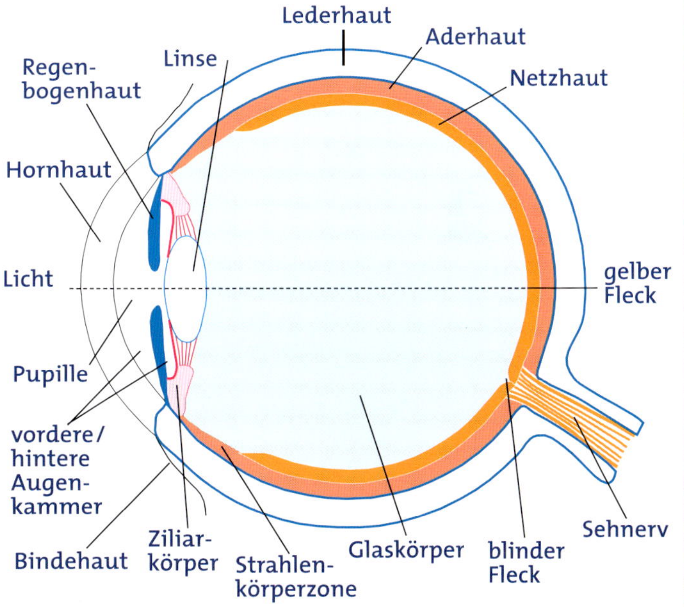

ker Lichteinstrahlung zwischen den Zapfen und Stäbchen hochschieben und so – zusätzlich zur Pupille und dem Augenlid – vor einer zu starken Blendung schützen. Die Stäbchen- und Zapfenzellen wandeln das eintreffende Licht in Nervenimpulse um, die über den Sehnerv an das Gehirn weitergeleitet werden (Genaueres siehe unter »Die Optik«).

Die Augen sind nur ein Teil unseres »Lichtsinnesorgans« – sie werden auch als vorgeschobener Gehirnteil bezeichnet. Erste Seheindrücke werden erst im Hinterhauptslappen des Gehirns wahrgenommen.

## Die Augenmuskeln

Wichtig für das Funktionieren der Augen sind nicht nur die bisher beschriebenen Teile – ohne die sechs äußeren Augenmuskeln etwa käme keine Bewegung des Augapfels zustande. Diese Muskeln sind an der Lederhaut des Auges befestigt und liegen in der Augenhöhle.

### Kamera und Auge – ein Vergleich

| | |
|---|---|
| Gehäuse | Augenhöhle und Lederhaut |
| Objektiv | Hornhaut und Augenlinse |
| Blende | Regenbogenhaut und Pupille |
| Verschluss | Augenlid |
| Film | Netzhaut mit Lichtrezeptoren |

# Die Optik

Am Vorgang des Sehens sind alle bisher geschilderten Teile des Auges beteiligt, darüber hinaus auch noch zahlreiche Nerven und natürlich das Gehirn – das Sehen ist ein komplexer Vorgang.

## Das Auge – eine Kamera

Der Sehvorgang wird verständlicher, wenn man sich vorstellt, dass das Auge ganz ähnlich wie ein Fotoapparat oder eine Videokamera funktioniert.

- Das Kameragehäuse bilden die knöcherne Wand der Augenhöhle und die weiße Lederhaut.
- Als Objektiv mit Entfernungseinstellung dienen die Hornhaut und die verstellbare Augenlinse.
- Die Funktion der Blende übernimmt die Regenbogenhaut um die Pupille herum, die sich zusammenziehen und weiten kann.
- Den schützenden Verschluss stellen die Augenlider dar.
- Der lichtempfindliche Film – das ist die Netzhaut mit ihren Lichtrezeptoren, den Stäbchen und den Zapfen.

- Die empfangenen Bilder werden über ein Kabel zum Videorekorder vermittelt; diese Aufgabe übernehmen der Sehnerv und der Sehstrang.
- Als Videokassette schließlich fungiert das Sehzentrum im hinteren Teil des Großhirns.

Nur eins können uns die Augen nicht bieten: einen Zoom, um Gegenstände näher heranzuholen.

## Sehen – physikalisch betrachtet

Beim Sehen werden elektromagnetische Wellen in Sinneseindrücke umgewandelt. Allerdings können unsere Augen nur einen bestimmten Bereich dieser Wellen wahrnehmen: jene, deren Wellenlänge zwischen 400 und 700 Nanometer (ein Nanometer = der millionste Teil eines Millimeters) liegt. Ultraviolett und Infrarot können nicht wahrgenommen werden.

## Das Auge sieht fern

Was passiert eigentlich genau im Auge, wenn Licht dieser Wellenlänge es trifft, wenn wir also etwas »sehen«?

Die durchsichtige Hornhaut bündelt als Sammellinse die auf das Auge auftreffenden Lichtstrahlen und gibt sie geordnet nach innen weiter. Die Augenlinse stellt nun die Entfernung ein.

**→ Tipp**

Regelmäßige Augenuntersuchungen sind mit fortschreitendem Alter besonders wichtig. Ab 40 Jahren sollten Sie Ihre Sehkraft alle ein bis zwei Jahre überprüfen lassen, ab 60 Jahren jedes Jahr.

### *Nahsehen*

Wenn sich ein ringförmiger Muskel im Strahlenkörper zusammenzieht, wölbt sich die Linse stärker. Das bewirkt eine Veränderung der Brechkraft der Linse: Durch die stärkere Brechung der eintreffenden Lichtstrahlen stellt das Auge für das Nahsehen scharf.

### *Fernsehen*

Wollen wir etwas in der Ferne betrachten, erschlafft dieser Ringmuskel wieder. Dann ziehen die Fasern, an denen die Linse aufgehängt ist, die Linse durch ihre Zugwirkung flach. Wieder ändert sich die Brechkraft der Linse: Durch die schwächere Brechung des Lichts stellt sich das Auge auf das Sehen in der Ferne ein.

## Energieumwandler Netzhaut

Der Lichtstrahl durchquert die entsprechend eingestellte Linse – entweder für das Nah- oder für das Fernsehen – und passiert zunächst acht durchsichtige Schichten der Netzhaut. Erst in der neunten Schicht trifft er auf jene Zellen im Auge, die Lichtreize überhaupt aufnehmen können, die Stäbchen und Zapfen – das sind Sehzellen, die Sehfarbstoffe enthalten. Diese Farbstoffe zerfallen bei der Belichtung mit verschiedenen Wellenlängen (also Farben) und verschiedener Lichtintensität und lösen so elektrische Impulse in den Sehzellen aus. Anders ausgedrückt: Stäbchen und Zapfen sind Fotorezeptoren, in denen bei Lichteinwirkung durch den fotochemischen Abbau eines Protein-Pigment-Komplexes Nervenimpulse ausgelöst werden. Diese elektrischen Impulse werden über den Sehnerv und die Sehbahnen an das Gehirn (siehe dazu »Sehzentrum Gehirn«, Seite 14) weitergeleitet.

### info

»Bei Nacht sind alle Katzen grau.« Weil die Zapfen für ihre Arbeit helleres Licht als die Stäbchen benötigen, können die Augen im Dunkeln nicht wirklich scharf und auch nicht richtig farbig sehen.

## Was ist die Makula?

Die Stelle des schärfsten Sehens der Netzhaut wird als gelber Fleck (Makula) bezeichnet. Er liegt im Zentrum der Netzhaut, wo Blutgefäße fehlen. Stattdessen befinden sich hier viele lichtempfindliche Zellen (Zapfen) auf engstem Raum.

- Um einen Gegenstand scharf zu sehen, drehen sich die Augen so, dass sein Bild genau auf die Makula fällt.

## Wo liegt der blinde Fleck?

Der blinde Fleck liegt ganz in der Nähe der Makula. Hier treten alle Sehnervenfasern gemeinsam aus dem Augapfel aus (hier ist praktisch ein Loch in der Netzhaut) und bündeln sich zum Sehnerv, der in Richtung des Gehirns verläuft. Deshalb ist an dieser Stelle kein Platz für Stäbchen und Zapfen, und es können hier keine Lichtreize wahrgenommen werden.

## Informationsautobahnen

Die elektrischen Impulse, die die Stäbchen und Zapfen des Auges hervorbringen, werden durch alle Schichten der Netzhaut wieder zurückgesandt, die das Licht auf dem Hinweg schon einmal durchquert hat – diesmal aber geht es rückwärts über die Sehnervenzellen zu den Sehnervenfasern. Diese Fasern bündeln sich zu den beiden Sehnerven. Sie bestehen jeweils aus rund einer Million Nervenfasern, sind aber trotzdem nur etwa fünf Millimeter dick. Vom hinteren Teil der Augen führen sie durch den Knochen in Richtung Großhirn und überkreuzen sich dabei – an der so genannten Sehnervenkreuzung. Das Ergebnis: Während ein Teil des linken Sehnervs zum rechten Großhirn führt, führt sein anderer Teil zum linken Großhirn. Dasselbe gilt für den rechten Sehnerv. So ist jedes Auge mit beiden Gehirnhälften verbunden. Als Folge davon können wir Bilder umfassend bewerten und – fast noch wichtiger – räumlich sehen.

## Da braucht man Nerven

Wie es sich für ein so komplexes Organ gehört, sind etliche Nerven für das einwandfreie Funktionieren der Augen verantwortlich. Neben dem Sehnerv arbeiten noch mit: der innere Augenmuskelnerv, der Rollnerv, der seitliche Augenmuskelnerv und einer der Drillingsnerven.

Die Lichtenergie, die auf die Netzhaut auftrifft, muss 100 000fach verstärkt werden, damit ein Signal produziert wird, welches das Gehirn als Impuls wahrnehmen kann.

### Erforschen Sie Ihren blinden Fleck

- Nehmen Sie zwei kleine Blätter weißes Papier zur Hand, etwa von einem Notizblock. Zeichnen Sie auf dem einen Blatt in der Mitte ein schwarzes Kreuz, auf dem anderen einen farbigen Punkt. Er soll nicht größer als ein Zentimeter sein.
- Legen Sie nun beide Blätter vor sich auf den Tisch, schließen Sie das linke Auge, und fixieren Sie mit dem rechten Auge das Kreuz, ohne das Auge fortzubewegen. Schieben Sie dann das andere Blatt Papier mit dem Farbpunkt ganz langsam nach rechts. Der Punkt wird im Abstand von etwa zehn Zentimetern plötzlich aus Ihrem Blick verschwinden; wenn Sie weiterschieben, taucht er wieder auf.

## Sehzentrum Gehirn

Über die beiden Sehstränge erreichen die elektrischen Impulse schließlich das Großhirn. Hier werden die ankommenden Informationen sofort verarbeitet und interpretiert. Eine Aufgabe besteht darin, Objekte vor ihrem Hintergrund zu betrachten und so ruhige von bewegten Gegenständen zu unterscheiden. Eine Hauptaufgabe der Netzhaut und des Gehirns ist es, das eintreffende Licht nach den verschiedenen Wellenlängen (d. h. Farben) zu sortieren und auszuwerten, um wahrnehmbare Farben wiederzugeben – eine enorme Leistung, denn davon gibt es immerhin einige Millionen.

Doch Sehen ist nicht gleich Sehen. Wenn etwa ein Kleinkind die Seite eines Buchs betrachtet oder bei Vorgängen auf der Straße zusieht, ist das nicht dasselbe, wie wenn ein Lesekundiger diese Seite liest oder ein erfahrener Erwachsener den Straßenverkehr betrachtet. Denn was wir sehen und gleichzeitig begreifen, beruht auf schon Gesehenem, auf Millionen von Bildern und Erfahrungen, die im Gehirn abgespeichert sind.

### info

Das Gehirn muss, während wir einfach »einen Blick auf etwas werfen«, eine Unmenge von Leistungen erbringen: Es vergleicht eintreffende Bilder mit bereits gespeicherten Objekten und Gefühlseindrücken, um Ähnlichkeiten festzustellen, und entscheidet dann in Sekundenbruchteilen, welche Reaktionen angebracht sind.

**Beide Augen sehen leicht unterschiedliche Bilder desselben Gegenstands. Die beiden Bilder setzt das Gehirn zu einem räumlichen zusammen, und wir sehen dreidimensional.**

## Der Sehvorgang

Drei Bereiche unseres Körpers sind für die Umwandlung der elektromagnetischen Wellen des Lichts in wahrgenommene Bilder zuständig. Jeder der drei Bereiche muss dabei voll funktionsfähig sein.

- Zum physikalischen Bereich zählen die Teile, die das Bild einlassen und bündeln: die Hornhaut und die Augenlinse.
- Als nervösen Bereich kann man jene Organe betrachten, die das Bild empfangen und weiterleiten: die Netzhaut, den Sehnerv, der die Informationen weitergibt, den Sehstrang in das Gehirn, und das Sehzentrum im hinteren Teil des Großhirns.
- Der psychische Bereich sind jene Nervenbahnen, die das Sehzentrum mit anderen Gehirnpartien verbinden, wo die Informationen ausgewertet und interpretiert werden.

## Licht erhellt die Welt

Die drei für das Sehen zuständigen Bereiche – Augen, Sehnerven, Gehirn – können ihre Aufgaben nur wahrnehmen, wenn ein bestimmtes Minimum an Licht vorhanden ist – im Stockdunkeln sieht man bekanntlich gar nichts. Bei sehr geringem Licht können wir zwar Gegenstände wahrnehmen, nicht aber deren Farben. Diese nehmen wir dann als unterschiedliche Graustufen wahr – wie schon das Sprichwort »In der Nacht sind alle Katzen grau« besagt.
Woher kommen diese Grauwerte? Während die für das Farbensehen zuständigen Zapfen eine etwas größere Helligkeit benötigen, um zu arbeiten, kommen die Stäbchen mit weniger Licht aus. Unterhalb einer bestimmten Helligkeitsgrenze sprechen daher nur noch die Stäbchen auf Lichtstrahlen an, und alle Gegenstände werden in Grauschattierungen gesehen.

## Anpassungskünstler Augen

Unsere Augen sind allerdings dafür ausgerüstet, um auch bei schwachem Licht eine maximale Sehleistung zu bieten. Wenn wir z. B. aus hellem Sonnenlicht in ein dunkles Gebäude eintreten, sind unsere Augen zunächst fast »blind«. Wir sehen nur Dunkelheit, da die Augen sich an die übergroße Helligkeit draußen angepasst hatten. Doch nun treten die Stäbchen der Netzhaut in Aktion: Sie sind für das Dämmerungssehen zuständig. Nach 20 bis 45 Minuten ist schließlich die maximale Anpassung der Augen an die dunkle Umgebung erreicht.

*Normalerweise benötigen die Augen keinen Schutz vor dem Tageslicht. Eine Sonnenbrille sollte man nur verwenden, wenn man besonders lichtempfindlich ist oder sich – etwa beim Skifahren oder bei Aufenthalten am Wasser – einer starken Sonneneinstrahlung aussetzt. Das unnötige Tragen der Sonnenbrille macht die Augen nur empfindlich.*

## Das Gesichtsfeld

Das Gesichtsfeld ist der Sehbereich, der die Gegenstände umgibt, die wir betrachten; es liegt also um den

Punkt des schärfsten Sehens herum. Denn während wir einen bestimmten Gegenstand betrachten, nehmen wir um diesen herum noch andere Gegenstände wahr: Sie liegen alle in unserem Gesichtsfeld. Unser Gesichtsfeld ähnelt zwar nicht dem von Vögeln, bei denen sich die Augen an den gegenüberliegenden Seiten des Kopfs befinden (wodurch der Gesichtsfeldradius sehr groß ist), gleichwohl weist das menschliche Gesichtsfeld einen relativ großen Radius auf. Bei nach vorn gerichteten Augen und unbewegtem Kopf haben wir horizontal einen Radius von 180 Grad und vertikal einen Radius von 120 Grad. Die Felder, die von jeweils einem Auge erfasst werden, überschneiden sich dabei in der Mitte. Blicken wir dagegen nur mit einem Auge geradeaus, reduziert sich das Gesichtsfeld seitlich um etwa 30 Grad.

### → Tipp

Einen sicheren Test für das gute Funktionieren Ihrer Augen stellt Ihre Fähigkeit dar, in der Dämmerung oder nachts zu sehen. Sind Ihre Augen in Ordnung oder verwenden Sie eine Brille bzw. Kontaktlinsen, die die richtige Stärke aufweisen, sehen Sie gut. Bemerken Sie dagegen Unsicherheiten, sollten Sie einen Augenarzt aufsuchen und Ihre Augen gründlich untersuchen lassen.

## Störungen des Gesichtsfelds

Störungen eines Auges werden so gut wie nicht bemerkt, wenn sie im Bereich der Überschneidung beider Gesichtsfelder liegen. Erhebliche Einschränkungen kann es dagegen mit sich bringen, wenn andere Teile des Gesichtsfelds verloren gehen, etwa nach einem Schlaganfall oder bei grünem Star.
Das Gesichtsfeld kann man beim Augenarzt prüfen lassen. Der Augenarzt führt diese Prüfung mit einem so genannten Perimeter durch. Dabei identifiziert der Patient an verschiedenen Stellen aufleuchtende Lichtpunkte mit einem Auge, während das andere Auge verdeckt bleibt.

## Dreidimensional sehen

Beide Augen liefern ein Bild desselben Gegenstands, allerdings jeweils von einem etwas anderen Blickwinkel aus gesehen. Das Gehirn verarbeitet die zueinander passenden Informationen zunächst getrennt, verknüpft sie dann aber zu einem räumlichen Bild – wir sehen dreidimensional. Außerdem werden hintereinander befindliche Gegenstände im Hinblick auf ihre Größe miteinander verglichen – natürlich wieder mit Hilfe bereits gespeicherter Informationen. So schätzen wir die Abstände zwischen diesen Gegenständen und ihre Entfernung von uns. Das sind sehr wichtige Informationen: z. B. dann, wenn wir uns im Raum bewegen wollen, ohne an jeder Ecke anzustoßen, oder wenn wir Gegenstände in die Hand nehmen wollen.

## Farben und Formen

Das Gehirn leistet einen ganz erheblichen Anteil am Sehvorgang. Neu empfangene Bilder werden sofort analysiert, mit alten Bildern verglichen und bewertet. Dabei trifft das Gehirn eine Vorauswahl, deren wir uns gar nicht bewusst sind. Das kann einerseits positiv sein, bewirkt aber andererseits, dass wir kaum etwas unvoreingenommen betrachten können.

### Bewusste Wahrnehmung

Manche Gegenstände oder Vorgänge werden als altbekannt gar nicht mehr richtig registriert. Andere Gegenstände empfindet das Gehirn als interessant oder optisch wohltuend – die Augen verweilen länger auf ihnen oder kehren noch einmal zu ihnen zurück.

Ein Beispiel für unser »Vorbeisehen« an Alltäglichem: Versuchen Sie, sich an Ihren täglichen Weg von Ihrem Haus zur Arbeitsstelle zu erinnern. Welche Farbe haben die einzelnen Häuser? Wo stehen Bäume, wo Schilder, welche Fassade hat Ihr Bürogebäude? In den meisten Fällen werden wir zugeben müssen, dass wir uns eigentlich nicht so genau erinnern können, obwohl wir diese Gegenstände doch jeden Tag betrachten.

Sehen ist jedoch kein Vorgang, dem wir nur ausgeliefert wären. Sehr bewusst können wir trainieren, unsere Umwelt aktiv wahrzunehmen.

- Mit wachem Blick können Sie umherblicken, und dabei werden Sie feststellen, dass viele positive Sehempfindungen auf Sie warten.

**info**

Farben dienen als Orientierungshilfe. Wer im Supermarkt nach bestimmten Lebensmitteln sucht, wird häufig nach bestimmten Farben Ausschau halten. So assoziieren wir mit der Verpackung von Mehl die Farbe Weiß. Niemand würde z. B. in einer schwarzen Verpackung Mehl vermuten.

Der Augenarzt überprüft das Gesichtsfeld eines Patienten bei Verdacht auf bestimmte neurologische Störungen oder auf Glaukom (grünen Star). Die Gesichtsfeldprüfung kann auch wichtige Hinweise auf einen Gehirntumor liefern.

- Achten Sie auch einmal darauf, ob Sie nicht abschreckende Dinge »übersehen«, d. h. nicht nur, dass Sie den Blick abwenden, sondern auch, dass Sie diese Tatsachen regelrecht aus Ihrer Wahrnehmung ausblenden.
- Sehen Sie bewusst auf Farben, beispielsweise auf Ihrem Weg zur Arbeit. Können Sie sich an die Farben erinnern? Oder an die Formen?

**→ Tipp**

Prüfen Sie gelegentlich aufmerksam Ihre Sehgewohnheiten – Sie werden interessante Beobachtungen machen.

## Wir sehen Farben

Auf der Netzhaut unserer Augen gibt es zwei Sorten von Lichtrezeptoren: Stäbchen und Zapfen. Während die Stäbchen hell und dunkel unterscheiden können, sind die Zapfen für das Farbensehen verantwortlich. »Sehen« können wir also eigentlich nur Farben und Bewegungen. Das ist schon das ganze Arsenal unserer Augen, den Rest besorgt das Gehirn.

Gegenstände sehen wir, wennLicht reflektiert wird. Einige Farben des Spektrums werden von den Objekten geschluckt, die übrigen zurückgeworfen. Diesen Rest des Spektrums sieht das Auge als eine bestimmte Farbe.

### *Spektralfarben und Mischungen*

Das für uns sichtbare Farbenspektrum erstreckt sich von Rot, Orange und Gelb über Grün, Blau und Indigo bis hin zu Violett. Aus diesen so genannten Spektralfarben entsteht eine unendliche Zahl von Farbmischungen. Diese Farben fluten jeden Tag über uns herein, denn jeder Gegenstand hat eine oder mehrere Farben. Das Auge nimmt die Eindrücke wahr und leitet sie ans Gehirn weiter. Hier lösen die Farbeindrücke unterschiedliche Reaktionen aus, u. a. auch Gefühle.

- Manche Farben werden sofort mit bestimmten Erinnerungen in Verbindung gebracht und lösen dementsprechend angenehme oder unangenehme Gefühle aus.
- Natürlich haben wir alle unsere Lieblingsfarbe – wir kaufen Kleider mit Vorliebe in dieser Farbe und umgeben uns mit kleinen Gebrauchsgegenständen, die diese Farbe haben.
- Aggressives Rot wird von vielen als anstrengend empfunden, während ein kräftiges Grün entspannend auf die Augen wirkt und Pastellfarben einen ausgeglichenen Gemütszustand fördern.
- Achten Sie darauf, dass Sie Ihre Umgebung in einer ausgewogenen Farbzusammensetzung gestalten.

Das ist für das Wohlbefinden wichtiger, als so mancher glaubt.

- In der Werbung werden die Farbwirkungen ganz gezielt eingesetzt. Grelle Farben haben Signalwirkung, während gedeckte Farben eher Seriosität suggerieren. Dies wird bei Produktverpackungen immer berücksichtigt.

## Wir sehen Formen

Während also die Augen Farben wahrnehmen und diese Informationen an das Gehirn weiterleiten, werden Formen erst im Gehirn als solche gesehen. Denn die Augen nehmen nur abgegrenzte Flächen unterschiedlicher Farbe wahr. Das Gehirn macht aus diesen Abgrenzungen deutliche Umrisslinien, die einzelne Objekte von anderen oder auch vom Hintergrund abheben. Dafür sind die zahllosen Seherfahrungen, die das Gehirn abgespeichert hat, unbedingt nötig.
Treffen unsere Augen auf Formen, mit denen wir absolut keine Erinnerungen verbinden, kann es vorkommen, dass wir ratlos vor diesen Gegenständen stehen: so etwa bei der abstrakten Malerei. Wenn Sie genau darauf achten, werden Sie merken, dass das Gehirn alle bekannten Farben und Formen abklappert, um dem Bild eine bekannte Struktur zuzuordnen. Genuss erleben wir jedoch dann, wenn wir nicht verzweifelt nach einem Sinn in den abstrakten Bildern suchen, sondern uns auf die reinen Erlebnisse der Farben, der Bildstruktur oder Bilddimensionen einlassen – ganz neue Seherlebnisse eröffnen sich! Diese Art des Sehens können Sie auch an anderen Orten genießen: Betrachten Sie z. B. die vielfältigen Formen von Pflanzen, als hätten Sie sie noch nie gesehen – Sie werden überrascht sein.

*Wir sehen Farben – die Formen werden erst im Gehirn analysiert. Das lässt sich bei Gemälden der abstrakten Malerei oder bei abstrakten Mustern gut erkennen.*

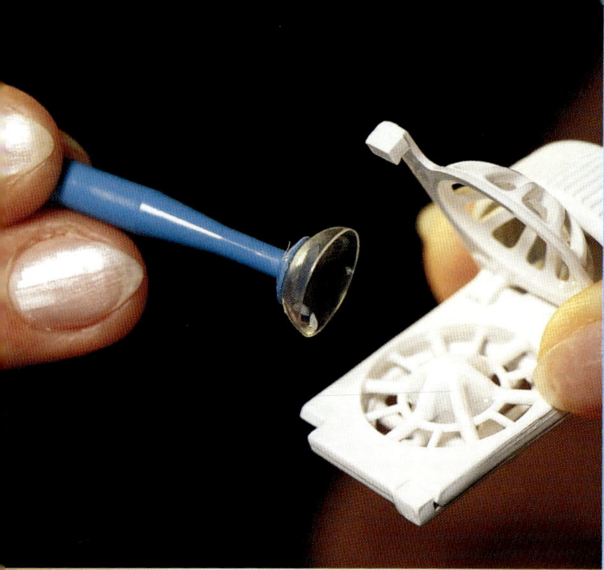

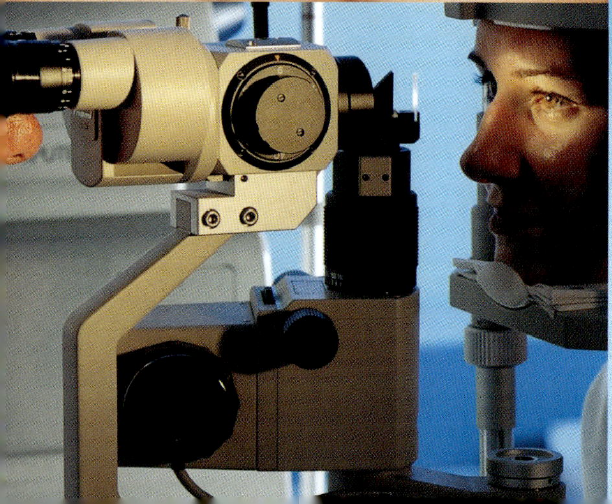

# Fehlsichtigkeiten

*Rund 50 Millionen Menschen in Deutschland sind fehlsichtig, wobei 25 Prozent unter Kurzsichtigkeit leiden, 35 Prozent unter Weitsichtigkeit, ein geringer Prozentsatz an Stabsichtigkeit. Ob kurzsichtig, weit- oder stabsichtig: Die meisten benötigen eine Sehhilfe – und viele sind unzufrieden damit.*
*Dieses Kapitel führt Sie in die wichtigsten Formen von Fehlsichtigkeit und deren traditionelle Behandlung ein, bevor in den folgenden beiden Kapiteln die Formen der Lasertherapie und die konkrete Laserbehandlung am Auge geschildert werden.*

*Für Millionen ist die Diagnose einer Augenuntersuchung niederschmetternd: Sie sind fehlsichtig.*

## Sehschwächen, Sehfehler – ein Überblick

Ein scharfes Bild entsteht auf unserer Netzhaut nur, wenn zwei Voraussetzungen erfüllt sind:

- Die in das Auge einfallenden Lichtstrahlen werden in der Augenlinse korrekt gebrochen.
- Die gebündelten Strahlen werden genau auf die Makula geworfen, die Stelle des schärfsten Sehens in unserem Auge.

Bei Normalsichtigen stimmt die Brechkraft, und das Bild wird scharf auf der Netzhaut abgebildet.

### *Kurz- und Weitsichtigkeit*

Bei Kurz- und Weitsichtigen fällt das Bild nicht korrekt auf die Netzhaut des Auges. Es entsteht ein unscharfes Bild; mit anderen Worten, es liegt ein Brechungsfehler oder eine Fehlsichtigkeit vor.

### *Alterssichtigkeit*

Eine andere Form der Fehlsichtigkeit ist die allmähliche Alterssichtigkeit. Im Alter zwischen 40 und 50 Jahren verhärtet sich die Augenlinse so, dass sie immer weniger in der Lage ist, sich zu krümmen. Diese Elastizität ist aber nötig, um näher liegende Objekte scharf stellen zu können. Man benötigt daher eine Lesebrille.

**info**

Die meisten Neugeborenen weisen eine deutliche Weitsichtigkeit auf, die sich aber bis zum Alter von etwa 25 Jahren verliert. Denn mit zunehmendem Alter wächst das Auge weiter, sozusagen zur Normalsichtigkeit.

### *Stabsichtigkeit*

Die Stabsichtigkeit (Astigmatismus) ist eine weitere Fehlsichtigkeit. Bei dieser Störung erscheinen den Augen punktförmige Lichtquellen als längliche Stäbchen. Das Ergebnis ist, dass in keiner Entfernung, weder nah noch fern, scharf gesehen werden kann.

### *Anisometropie*

Mit Anisometropie wird die ungleiche Brechkraft beider Augen bezeichnet. Sie wird meist durch eine unterschiedliche Größe oder eine unterschiedliche Länge der beiden Augen bewirkt.

Neben diesen hauptsächlichen Fehlsichtigkeiten gibt es noch seltene Formen von Sehfehlern, die in diesem Kapitel nur am Rande erwähnt werden.

Die lichtbrechende Wirkung von Hornhaut und Linse bündelt die in das Auge einfallenden Lichtstrahlen so, dass sie korrekt auf der Netzhaut auftreffen. Die Stärke dieser Lichtbündelung bezeichnet man als Brechkraft; sie wird in Dioptrien angegeben.

## Kurzsichtigkeit

Forscher haben nachgewiesen, dass übermäßige Nah- und Bildschirmarbeit die Kurzsichtigkeit der Augen nicht negativ beeinflusst. Man sollte den Augen aber dennoch genügend Entspannung gönnen.

Bei Kurzsichtigkeit (Myopie) wird das Bild der Umwelt nicht genau auf der Netzhaut abgebildet. Dies liegt meist daran, dass bei Kurzsichtigen das Auge länger gewachsen ist als bei Normalsichtigen, so dass das scharfe Bild vor der Netzhaut liegt. Je länger das Auge ist, desto höher ist die Kurzsichtigkeit. Entferntere Gegenstände können daher nicht mehr deutlich erkannt werden. Der so genannte Fernpunkt – also der entfernteste Punkt, der noch scharf gesehen werden kann – rückt bei kurzsichtigen Augen in die Nähe. Näher liegende Gegenstände können allerdings ohne Sehhilfe noch scharf gesehen werden, weil die Strahlen hier noch korrekt auf der Netzhaut auftreffen.

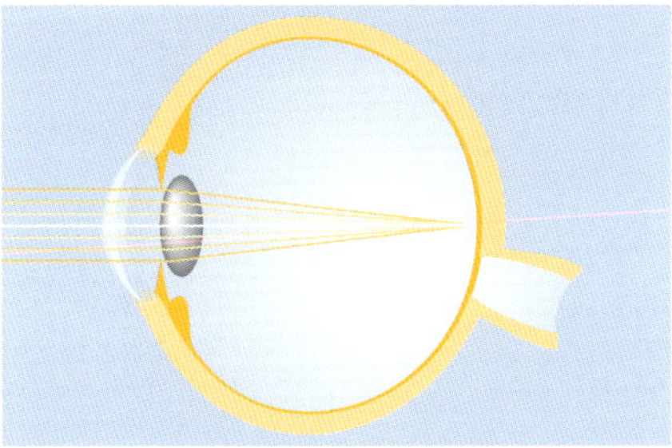

*Beim normalsichtigen Auge treffen die von der Linse gebrochenen Lichtstrahlen genau auf der Netzhaut auf.*

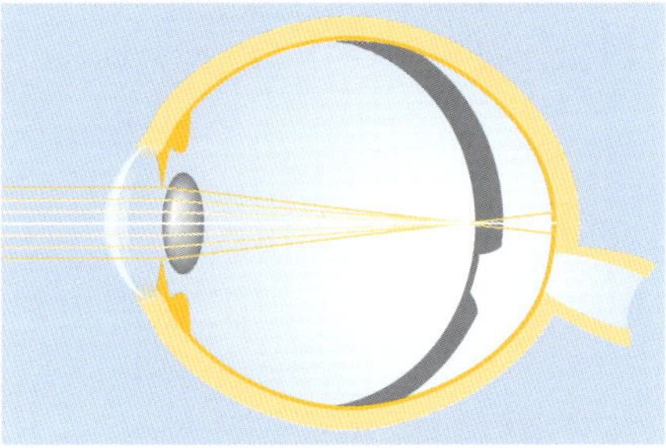

*Bei Kurzsichtigkeit treffen die Strahlen aufgrund des verlängerten Augapfels schon vor der Netzhaut auf und zerstreuen sich dann wieder. Die Folge: unscharfe Abbildungen.*

### Ursachen der Kurzsichtigkeit

Generell beruht die Kurzsichtigkeit auf einem zu langen Augapfel. Der Fachmann nennt diese Kurzsichtigkeit Achsenmyopie, denn die Augachse ist zu lang. Hornhaut und Linse brechen das Licht zwar korrekt, aber bis es die zu weit hinten liegende Netzhaut erreicht, hat es sich bereits wieder zerstreut.
Die so genannte Brechungsmyopie hingegen beruht auf dem selteneren Fall, dass die Krümmung der Hornhaut bzw. diejenige der Linse zu stark ist.
Immer wieder hört oder liest man, dass intensive Naharbeit, zu große Helligkeit in der frühen Kindheit (Nachttischlampen, die nachts durchbrennen) oder zu viel Lesen der Grund für Kurzsichtigkeit sein könnte. Diese Vermutungen entbehren aber bislang jeder wissen-

schaftlichen Grundlage. Ein Fortschreiten der Kurzsichtigkeit ist deshalb auch nicht aufzuhalten, indem man die Augen stark schont. Übrigens sind 15 Prozent der Bevölkerung von Kurzsichtigkeit mit mehr als einer Dioptrie betroffen – in Asien dagegen liegt diese Zahl weitaus höher als in Mitteleuropa.

## Hilfe durch Zerstreuungslinsen

Normalerweise ist bei Kurzsichtigkeit lediglich das Sehen in größere Entfernung beeinträchtigt, was sich durch eine Brille mit konkaven Gläsern (Minusgläsern) gut korrigieren lässt. Eine vor das Auge gesetzte »Zerstreuungslinse« verlagert das Bild weiter nach hinten – genau auf die Netzhaut. Nach dem gleichen Prinzip funktionieren die Kontaktlinsen.

### *Nachteile*

Störend werden Korrekturgläser in Form einer Brille vor allem, wenn die Kurzsichtigkeit sehr stark ist. Dann bewirken die Brillengläser eine extreme Verkleinerung des Netzhautbildes für den Betroffenen.

*»Wer Brille trägt, hat die Nase vorn.« Manche Menschen sind geradezu gemacht für Brillen. Andere haben Probleme mit dieser Sehhilfe. Die Brille wurde übrigens schon im 13. Jahrhundert erfunden, allerdings war sie damals nicht so komfortabel wie heute.*

Auch entsteht eine optische Verkleinerung der Augen des Brillenträgers, was aus kosmetischen Gründen oft nicht erwünscht ist. Bei zunehmender Augenschwäche sind dickere und damit schwerere Brillengläser nötig; diese verursachen häufig Druckstellen an der Nase.

### *Vorteile*

Einen »Vorteil« hat die Kurzsichtigkeit allerdings: Häufig kommt es vor, dass Kurzsichtige auch in höherem Alter noch keine spezielle Lesebrille benötigen. Sie können die Brille einfach abnehmen und sehen dann in der Nähe scharf.

## Laserbehandlung

Eine Alternative zu Brille und Kontaktlinsen bietet die Laserbehandlung der Kurzsichtigkeit, die mittlerweile auch bei starker Kurzsichtigkeit gute Erfolge zeigt (Genaueres zur Laserbehandlung siehe Seite 56ff.).

Kurzsichtigkeit kann unter Umständen zur Wahrnehmung von »fliegenden Mücken« führen. Verursacht werden diese Sehstörungen durch Körperflüssigkeiten, die vor der Netzhaut eindringen, wenn diese sich vom Glaskörper ablöst. Lassen Sie sich bei der Zunahme dieser Veränderungen vom Augenarzt untersuchen.

## Löcher in der Netzhaut – ein Problem bei starker Myopie

Die allmähliche Verlängerung des Auges – also eine zunehmende Kurzsichtigkeit – bewirkt eine Verdünnung der Lederhaut am hinteren Ende des Augapfels. Da der Glaskörper im Auge nicht mitwächst bzw. schrumpft, löst er sich von der Netzhaut. Die Netzhaut steht mehr und mehr unter Spannung; daher kann ihre Verdünnung bzw. Dehnung auch zum Einreißen führen. Die Folgen sind: Löcher in der Netzhaut und im Extremfall Ablösung der Netzhaut von den äußeren Schichten an der Augeninnenseite.
Der Augenarzt kann Netzhautanomalien mit Hilfe eines Augenspiegels feststellen – eine völlig schmerzfreie Untersuchungsmethode. Risse und Löcher in der Netzhaut werden mit dem Laser behandelt. Dabei wird die Netzhaut mit der darunter liegenden Aderhaut verschweißt.

### Netzhautablösung – ein Akutfall

- Die Netzhautablösung gehört zu den gefährlichsten Augenerkrankungen und kann im Extremfall zur Erblindung führen. Falls Sie plötzlich Blitze vor den Augen sehen, sollten Sie sofort handeln. Die Netzhautablösung selbst ist schmerzfrei und nur an den Blitzen am Rand des Gesichtsfelds erkennbar. Im fortgeschrittenen Stadium schweben schwarze Schleier durch das gesamte Gesichtsfeld.
- Bei frühzeitiger Behandlung kann die Netzhaut mittels Laser wieder »verklebt« werden. Suchen Sie bei den ersten Anzeichen sofort einen Augenarzt auf, oder alarmieren Sie den Notarzt.

## Weitsichtigkeit

Bei der Weit- oder Übersichtigkeit (Hyperopie) ist der Augapfel zu kurz geraten, so dass das scharfe Bild – oder der Brennpunkt – eigentlich hinter der Netzhaut liegt; tatsächlich treffen die Strahlen natürlich vorher auf. Doch die einfallenden Strahlen sind nicht vollständig vereinigt, wenn sie auftreffen, und liefern deshalb ein unscharfes Bild.

### Ursachen der Weitsichtigkeit

Wie bei der Kurzsichtigkeit gibt es auch für die Weitsichtigkeit zwei Ursachen: zum einen die genannte Achsenhyperopie, bei der die Brechkraft des Auges normal ist, die Augachse jedoch zu kurz; zum anderen die Brechungshyperopie, bei der die Augachse zwar die richtige Länge hat, die Brechkraft des Auges aber zu niedrig ist.
Man darf sich diese Veränderungen des Augapfels nicht zu auffallend vorstellen: Die Verkürzung bzw. Verlängerung der Augachse um nur einen Millimeter bewirkt bereits eine Zunahme des Brechkraftfehlers um drei Dioptrien!

### *Erkennen der Weitsichtigkeit*

Geringfügig Weitsichtige können auf größere Entfernungen scharf sehen, haben aber Schwierigkeiten, Gegenstände in der Nähe deutlich zu erkennen.
Hochgradig Weitsichtige sehen in der Ferne und in der Nähe verschwommen und können dies nur zum Teil durch Anstrengung ausgleichen. Diese Überanstrengung der Augen führt schließlich zu Augen- oder Kopfschmerzen und zu schneller Ermüdung der Augen, so dass eine Brille unumgänglich wird.

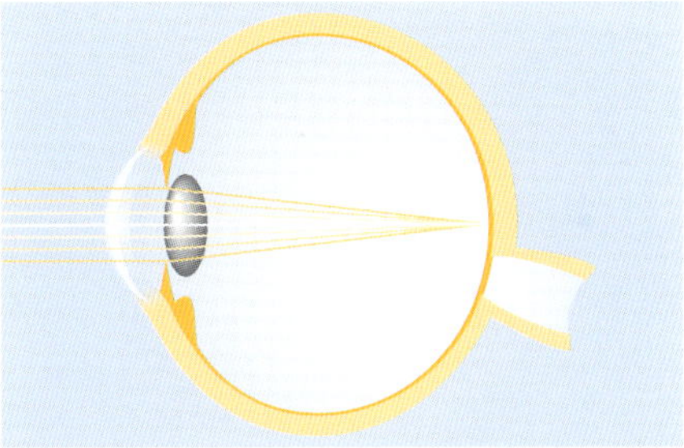

*Beim normalsichtigen Auge treffen die von der Linse gebrochenen Lichtstrahlen genau auf der Netzhaut auf.*

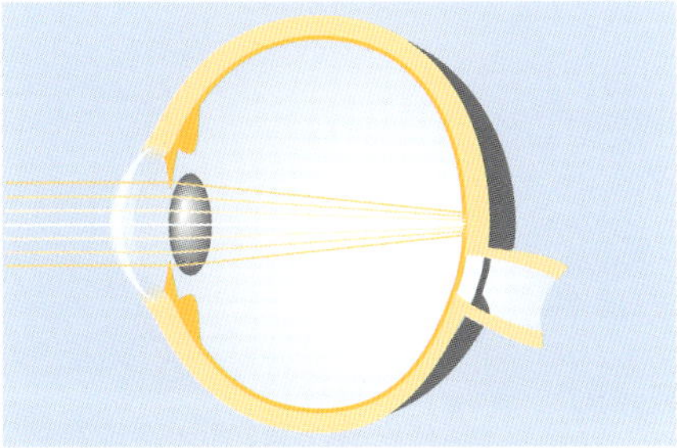

*Bei Weitsichtigkeit treffen die Strahlen aufgrund des verkürzten Augapfels (theoretisch) hinter der Netzhaut auf. De facto werden sie vorher aufgehalten und liefern ein unscharfes Bild.*

Eine Übersichtstabelle über die verschiedenen Verfahren (nicht allein Laserverfahren) zur Korrektur von Fehlsichtigkeiten finden Sie auf Seite 54.

Bei jungen Menschen ist die Situation anders: Sie bemerken ihre geringe oder mittlere Weitsichtigkeit oft gar nicht, da das flexible Auge gut in der Lage ist, den Sehfehler auszugleichen.

*Brillen können Nahsicht- und Fernsichtteile in einem Glas enthalten (Mehrstärkenbrillen) oder aber einen stufenlosen Übergang der Teile (Gleitsichtbrille). Auf diese Weise muss man nicht ständig Brille und Lesebrille wechseln.*

Im Alter hingegen macht sich die Weitsichtigkeit normalerweise stärker bemerkbar, da die Augenlinse dann starrer wird, also weniger flexibel ist als in jungen Jahren (siehe dazu auch »Alterssichtigkeit«, Seite 27).

## Hilfe durch Sammellinsen

Abhilfe schaffen Brillen oder Kontaktlinsen, die die Weitsichtigkeit ausgleichen. Weitsichtigkeit wird mit konvexen Sammellinsen (Plusgläsern) korrigiert, die die Strahlen so brechen, dass sie sich genau auf der Netzhaut vereinigen können. Das hinter der Netzhaut liegende Bild wird mit dieser Sammellinse sozusagen nach vorn gezogen – genau auf die Netzhaut.

### *Die Nachteile*

Sammellinsen in Form von Brillen können – je nach Grad der Weitsichtigkeit – das Auge stark vergrößern. Bei starker Weitsichtigkeit sind bestimmte Tätigkeiten in der Nähe manchmal etwas schwieriger, beispielsweise die Gesichtspflege.

- Tipp: Es gibt »Kosmetikbrillen«, bei denen jeweils das rechte oder das linke Brillenglas weggeklappt werden kann, so dass die Augen einzeln geschminkt werden können. Das andere Auge kann dann via Brillenglas scharf sehen.

## Laserbehandlung

Eine Alternative zur Korrektur durch Sammellinsen bietet die Laserbehandlung der Weitsichtigkeit (Genaueres zur Behandlung siehe Seite 51 und Seite 56ff.).

## Alterssichtigkeit

Von der angeborenen oder erworbenen Weitsichtigkeit muss man die Alterssichtigkeit (Presbyopie) unterscheiden. Während die Weitsichtigkeit in der Regel auf einen zu kurzen Augapfel zurückzuführen ist, wird die Alterssichtigkeit dadurch hervorgerufen, dass die Augenlinse altersbedingt verkalkt und damit verhärtet.
Ab einem Alter von etwa 45 bis 50 Jahren nimmt die Elastizität der Linse nach und nach ab, so dass sich das Auge nicht mehr so gut auf nähere Objekte einstellen kann. (Die so genannte Akkomodation lässt nach.) Der Nahpunkt des Auges rückt dann mit zunehmendem Alter immer mehr in die Ferne. Früher oder später werden alle Menschen alterssichtig, jedoch tritt diese Sehschwäche in verschiedenen Graden auf.

### Hilfe durch Sammellinsen

Wenn auf eine Entfernung von etwa 40 Zentimetern – die übliche Lesedistanz – kein scharfes Sehen mehr möglich ist, wird eine Lesebrille notwendig, um Augenermüdungen vorzubeugen. Denn ähnlich wie der Weitsichtige leidet auch der Alterssichtige manchmal unter Augen- oder Kopfschmerzen, die sich vor allem in einem dumpfen Druckgefühl in der Stirn und in den Augen bemerkbar machen.
Ebenso wie die Weitsichtigkeit wird die Alterssichtigkeit mit Konvex- oder Plusgläsern korrigiert. Diese brechen die einfallenden Lichtstrahlen so, dass sie sich genau auf der Netzhaut vereinigen können. Mit dieser Sammellinse wird dabei das hinter der Netzhaut liegende Bild »nach vorn gezogen«.
Wer vorher schon kurzsichtig oder weitsichtig war, braucht dann zwei Brillen: eine normale und eine Lesebrille. Allerdings können gering Kurzsichtige zum Lesen einfach ihre Brille absetzen. Für stärker Fehlsichtige empfiehlt sich eine Gleitsichtbrille, damit man nicht ständig zwischen zwei Brillen wechseln muss.

**→ Tipp**

Lassen Sie ab 40 Jahren beim Augenarzt testen, ob Sie schon alterssichtig sind. Häufige Kopfschmerzen oder Probleme bei der Arbeit am Computerbildschirm können Hinweise auf eine Alterssichtigkeit sein.

# Stabsichtigkeit

Unabhängig von Kurz- oder Weitsichtigkeit, meist aber in Verbindung mit diesen Fehlsichtigkeiten, gibt es auch Verkrümmungen der Hornhaut: Die so genannte Stabsichtigkeit ist den Betroffenen eher als Astigmatismus oder Hornhautverkrümmung bekannt. Dabei ist die Oberfläche der Hornhaut nicht gleichmäßig wie eine Kugeloberfläche gekrümmt, sondern an verschiedenen Stellen unterschiedlich stark gewölbt. Bei diesem Brechungsfehler erscheinen punktförmige Lichtquellen dem Auge als Striche oder Stäbe, daher der Name »Stabsichtigkeit«.

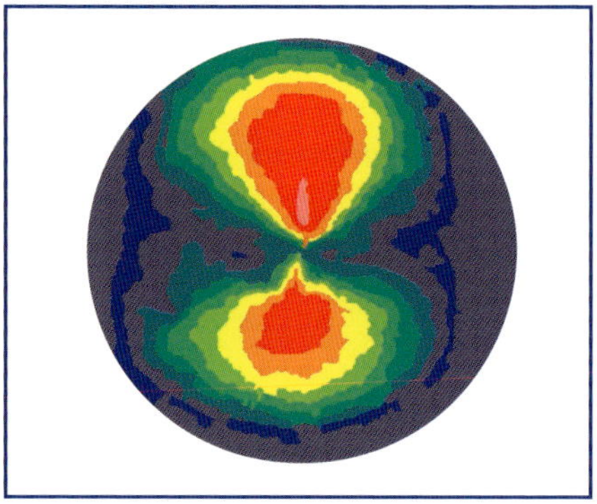

*Mit einem Topografiegerät kann man die Unregelmäßigkeiten der Hornhautoberfläche darstellen.*

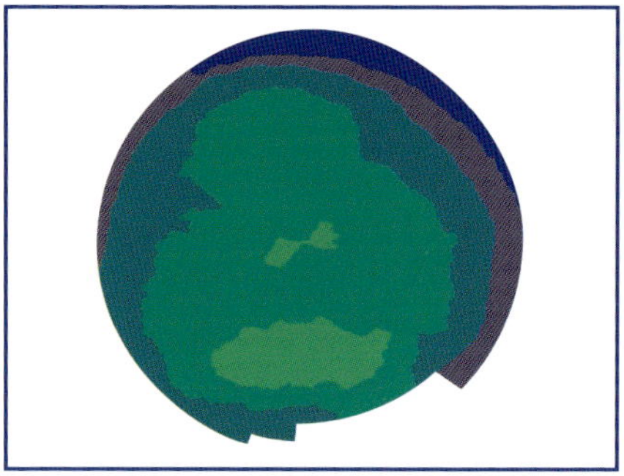

*Hier ist die Hornhautoberfläche nach einer Laserbehandlung dargestellt. Es sind keine unterschiedlichen Brechungsverhältnisse mehr sichtbar.*

## Ursachen der Stabsichtigkeit

Bei den bisher beschriebenen Fehlsichtigkeiten liegt der Brennpunkt ein Stück weit vor oder hinter der Netzhaut des Auges, ist aber vorhanden. Bei der Stabsichtigkeit dagegen fehlt dieser Brennpunkt völlig, d. h., die parallel einfallenden Strahlen werden überhaupt nicht mehr in einem Brennpunkt vereinigt. Der Grund dafür liegt in der irregulären Brechkraft von Hornhaut oder Linse. Ist die Hornhaut nicht gleichmäßig gekrümmt, wird das Licht in der Horizontalen anders gebrochen als in der Vertikalen. So entstehen Verzerrungen des Bildes, das auf der Netzhaut abgebildet wird. Unabhängig davon, ob die Augen in die Nähe oder in größere Entfernung blicken – das Ergebnis ist immer ein unscharfes, verzerrtes Bild.

## Die zwei Formen des Astigmatismus

Die Stabsichtigkeit ist meist erblich bedingt. Allerdings kann sie auch nach Verletzungen der Hornhaut oder der Augenlinse auftreten.

- Bei der regulären Stabsichtigkeit handelt es sich um eine besondere Art, in der die Hornhautoberfläche gekrümmt ist. Die einzelnen Meridiane der Hornhaut besitzen eine in sich gleichmäßige, aber untereinander verschiedene Krümmung, so dass jeder Meridian eine andere Brennweite hat. Deshalb nennt man diese Form der Hornhautveränderung auch Hornhautverkrümmung.
- Bei der irregulären Stabsichtigkeit dagegen ist die Wölbung der Hornhaut auch in jedem einzelnen Meridian nicht gleichmäßig. Die Folge: Auch die Brennweite innerhalb eines einzelnen Meridians ist nicht einheitlich.

## Symptome der Stabsichtigkeit

Bemerkt wird die Stabsichtigkeit, wenn der Betroffene unter Kopfschmerzen leidet oder über Schwindelgefühl klagt. Doch ist es für den Astigmatismus typisch, dass die Anzeichen, unter denen er sich äußert, ganz unterschiedlich sein können. Beispielsweise sehen manche stabsichtige Menschen horizontale Linien scharf, vertikale Linien dagegen unscharf. Bei anderen Betroffenen verhält es sich genau umgekehrt. Wieder andere sehen nur diagonal verlaufende Linien völlig klar.

Bemerken Sie eines der geschilderten Symptome bei sich oder greifen Sie etwa regelmäßig neben die Wäscheleine, sollten Sie demnächst einmal einen Augenarzt aufsuchen.

**info**

Die irreguläre Stabsichtigkeit kann auch nach einer Hornhauterkrankung mit Narbenbildung oder nach Verletzungen der Hornhaut auftreten.

## Hilfe durch Zylindergläser

Stabsichtigkeit lässt sich gut durch eine astigmatische Brille – also eine Brille mit Zylindergläsern – ausgleichen. Die Gläser brechen hier das Licht nur in einer Richtung; ihre Achsenrichtung muss bei der Brillenverordnung in Winkelgrad angegeben werden.

Etwa die Hälfte der europäischen Bevölkerung ist von einer der bisher beschriebenen Fehlsichtigkeiten betroffen.

Daher wird bei Brillenrezepten der Korrekturwert der Gläser mit der Lage der Zylinderachse in Grad angegeben (beispielsweise: –1,5 dpt cyl. 0°, d. h., dass auf einer Null-Grad-Achse die Brechkraft des Auges um 1,5 Dioptrien zu stark ist).

## → Tipp

Eine Schwachsichtigkeit der Augen geht oft auf eine nicht bemerkte Störung der Sehschärfe zurück, wobei schon eine frühkindliche Ursache (Liderkrankung, angeborene Linsentrübung, Astigmatismus, Verletzung der Hornhaut, einseitige Kurz- oder Weitsichtigkeit, Schielen) zugrunde liegen kann. Lassen Sie daher Ihr Kind frühzeitig vom Augenarzt untersuchen.

### *Die Vorteile*

Der Vorteil für Astigmatiker, die zusätzlich kurz- oder weitsichtig sind: Die astigmatischen Gläser können auch mit Minus- oder Plusgläsern kombiniert werden.

### *Die Nachteile*

Nur die reguläre Stabsichtigkeit ist mit einer Brille mit Zylindergläsern vollständig ausgleichbar. Die irreguläre Stabsichtigkeit lässt sich so nicht gut regulieren. Doch muss der Betroffene nicht auf eine gute Sehschärfe verzichten, denn Kontaktlinsen gleichen diese Sehschwäche gut aus – sie sind allerdings nicht immer verträglich.

## Entscheidend ist die Früherkennung

Gerade bei dieser Form der Sehschwäche ist es ganz wichtig, dass sie früh erkannt und eine Brille getragen wird. Denn die Stabsichtigkeit kann in ihrem weiteren Verlauf dazu führen, dass der Betroffene schwachsichtig wird. Schon bei einer Stabsichtigkeit von zwei oder mehr Dioptrien sollten daher eine Brille oder Kontaktlinsen verordnet werden.

## (Laser-)Behandlung

Eine Alternative zur Korrektur durch Zylindergläser in Form von Brillen oder Kontaktlinsen bietet eine Laserbehandlung der Stabsichtigkeit (Genaueres zur Behandlung siehe Seite 56ff.).
Auch die so genannte astigmatische Keratotomie mittels Hornhautschnitten ist eine Korrekturmöglichkeit (siehe Seite 54).
In extremen Fällen kann es allerdings erforderlich sein, dass die erkrankte Hornhaut operativ entfernt und durch eine Spenderhornhaut ersetzt wird. Dieses Verfahren heißt Keratoplastik.

## Anisometropie

Mit diesem Begriff – für den es keine deutsche Entsprechung gibt – wird die ungleiche Abbildungsgröße beider Augen bezeichnet. Sie kommt meist durch eine unterschiedliche Größe der beiden Augäpfel zustande. Auch eine unterschiedliche Länge der beiden Augen bewirkt Anisometropie, beispielsweise wenn ein Auge normalsichtig, das andere jedoch stabsichtig, kurz- oder weitsichtig ist.
Bei geringen Dioptrienunterschieden der beiden Augen hat der Betroffene keine Beschwerden. Die Augen bzw. das Gehirn sind nämlich in der Lage, die etwas unterschiedlichen Bilder bzw. Bildgrößen auszugleichen. Eine starke Anisometropie – über drei Dioptrien Unterschied – kann jedoch zu Sehbeschwerden führen, weil die Bilder, die beide Augen auf die Netzhaut projizieren, starke Größenunterschiede aufweisen.

### Hilfe durch Brillen und Kontaktlinsen

Mit einer Brille oder Kontaktlinsen kann die fehlende Sehschärfe bei geringen Abweichungen problemlos ausgeglichen werden. Schwierigkeiten kann es geben, wenn die Brechung der beiden Augen extrem

**Anisometropie kann sowohl kurz- als auch weitsichtige Menschen treffen, wobei kleinere Abweichungen der beiden Augen allerdings zum Normalbild gehören.**

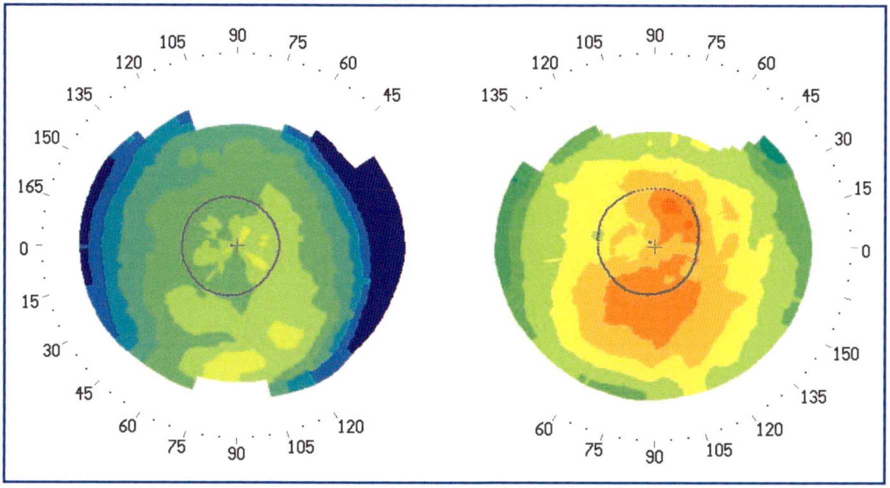


*Topografiebefund bei Anisometropie: Links ist das stärker kurzsichtige linke Auge abgebildet (–6,5 dpt), rechts das weniger kurzsichtige rechte Auge (–2,75 dpt).*

stark voneinander abweicht. Denn Brillen verkleinern bei Kurzsichtigen die Größe des wahrgenommenen Bildes. Je stärkere Brillengläser, umso kleiner das Bild. Hier ist die Beidäugigkeit unseres Sehens beeinträchtigt. Auch ein »kosmetischer« Nachteil kommt hinzu: Das stärker kurzsichtige Auge erscheint hinter dem Brillenglas kleiner als das weniger kurzsichtige Auge. Sinnvoller ist es, eine solche Abweichung von Dioptrien durch Kontaktlinsen auszugleichen – falls diese vertragen werden.

Für Fehlsichtige, die eine Brille oder Kontaktlinsen schlecht vertragen oder die von besonderen Problemen wie beispielsweise Anisometropie betroffen sind, stellen die neuen, sicheren (Laser-)Operationsmethoden der letzten Jahre eine mögliche Hilfe dar.

## Laserbehandlung

Eine Alternative zur herkömmlichen Korrektur in Form von Brillen oder Kontaktlinsen bietet die Laserbehandlung der Anisometropie. Bei Kurzsichtigen wird die Kurzsichtigkeit der beiden Augen individuell korrigiert, bei Weitsichtigen die Weitsichtigkeit.

Je nach Stärke und Fehlsichtigkeit kann eine PRK-Behandlung mit dem Excimer-Laser erfolgen (siehe Seite 65ff.), oder aber die LASIK-Methode kommt zum Einsatz (siehe Seite 70ff.).

## Sonderfall – fehlende Augenlinse

- Eine ungleiche Brechkraft beider Augen liegt auch dann vor, wenn in einem Auge die Linse völlig fehlt. Dies kann aufgrund einer Verletzung der Linse der Fall sein, aber auch, wenn wegen einer Starerkrankung eines Auges die Augenlinse entfernt werden musste.
- Abhilfe kann hier durch verschiedene Methoden geschaffen werden. Früher wurden so genannte Stargläser – vergrößernde Brillengläser, die die fehlende Augenlinse ersetzen – verwendet; das aber nur, wenn beide Augen am Star operiert wurden. Sonst hätte die ungleiche Bildgröße der beiden Bilder auf der jeweiligen Netzhaut zu Doppelbildern geführt. Heute gibt es andere Möglichkeiten: In manchen Fällen können Kontaktlinsen ausreichen, in anderen Fällen wird eine Linsenimplantation (Kunstlinse) vorgenommen.

## Weitere Sehstörungen

Neben den Fehlsichtigkeiten des Auges – der Kurz- und Weitsichtigkeit, der Alterssichtigkeit, dem Astigmatismus – gibt es eine Reihe von Augenkrankheiten, die das Sehvermögen empfindlich einschränken oder sogar ganz verhindern können. Mit Brille, Kontaktlinsen oder Operationen ist hier teilweise keine Besserung zu schaffen. Gleichwohl sollen einige dieser Fehlsichtigkeiten des Auges kurz Erwähnung finden: Es handelt sich um verschiedene Formen der Farbenfehlsichtigkeit (volkstümlich: Farbenblindheit), Farbenschwäche, Nachtblindheit sowie um den grauen und grünen Star.

### Drei Formen der Farbenfehlsichtigkeit

Gewöhnlich können unsere Augen etwa 160 reine Farbtöne und 600 000 Farbnuancen unterscheiden. Bei einigen Menschen weicht das Farbenempfinden jedoch von den normalen Fähigkeiten ab; bestimmte Farben sehen sie nur als Grautöne. Im Extremfall, der glücklicherweise sehr seltenen totalen Farbenblindheit, sehen Betroffene alles nur in Schwarz-, Weiß- und Grautönen.

Wer farbenfehlsichtig ist, bleibt dies sein Leben lang. Es handelt sich um eine nicht heilbare verminderte Empfindungsfähigkeit für eine ganz bestimmte Farbe. Betroffene müssen auf eine Reihe von Berufen (Kraftfahrer, Pilot, Elektriker etc.) verzichten, bei denen Farberkennung von großer Bedeutung ist. Denn wer z. B. das signalfarbene Rotlicht einer Ampel nicht erkennen kann, gefährdet sich und andere im Straßenverkehr.

Die folgenden drei Formen der Farbenfehlsichtigkeit kommen am häufigsten vor.

**info**

Der Augenarzt stellt eine Farbsinnstörung fest, indem er dem Betroffenen Farbtafeln mit roten und grünen Punkten vorlegt. Während »Farbengesunde« bestimmte Zahlen in diesen Punkten erkennen, sehen Farbenblinde entweder gar keine Zahlen, oder sie lesen andere Zahlen heraus.

#### *Grünblindheit (Deuteranopie)*

Die Betroffenen können kein Grün sehen. Häufig ist damit auch die Schwierigkeit verbunden, Farben wie Orange, Braun und blasse Rottöne voneinander zu unterschei-

Für das Farbensehen sind die Zapfen der Netzhaut verantwortlich. Ist in ihnen zu wenig von den Farbstoffen vorhanden, die für die Empfindung von Blau, Grün oder Rot eine Rolle spielen, liegt eine Farbenfehlsichtigkeit vor.

Vitamin A, das in die Stäbchen der Netzhaut eingelagert wird, hilft gegen eine bestimmte Form der Nachtblindheit (Avitaminose). Sie kommt bei Kindern in Entwicklungsländern häufig vor.

den. Diese Form der Farbsinnstörung ist die am weitesten verbreitete.

*Rotblindheit (Protanopie)*
Die Betroffenen können kein Rot sehen.

*Blaublindheit (Tritanopie)*
Die Betroffenen können kein Blau sehen. Diese Form der Farbenfehlsichtigkeit kommt allerdings äußerst selten vor.

*Farbenfehlsichtige sehen ihre Umgebung bisweilen anders als Normalsichtige. Grün und Rot einer Landschaft beispielsweise werden nur als Grautöne wahrgenommen.*

## Farbenschwäche

Wenn die Augen nur wenig voneinander abweichende Farbtöne nicht unterscheiden können, spricht man von einer Farbenschwäche oder Farbenasthenopie.

**info**

Eine Farbenfehlsichtigkeit ist normalerweise erblich bedingt. Sie gilt als genetische rezessive Krankheit, die fast ausschließlich geschlechtsbezogen vorkommt: Während etwa acht Prozent der Männer farbenblind sind, sind es bei den Frauen weniger als ein Prozent.

## Nachtblindheit

Wenn jemand in der Dämmerung oder in der Nacht nur noch schlecht oder sogar gar nichts mehr sieht, wird dies als Nachtblindheit (Nyktalopie) bezeichnet. Diese Fehlfunktion der Augen – der Ausfall des Stäbchensehens – kann sowohl angeboren sein als auch erst später erworben werden.
Während für die vererbte Nachtblindheit keine Heilungsaussichten bestehen, kann die erworbene Nachtblindheit relativ schnell kuriert werden. Sie entsteht u. a. durch starken Vitamin-A-Mangel.

*Symptome einer Nachtblindheit*
Man erkennt eine Nachtblindheit anfangs daran, dass sich die Augen

immer weniger gut an schlechtere Lichtverhältnisse oder an die Dämmerung gewöhnen können. Im Dunkeln können die Umrisse von Objekten immer schlechter erkannt werden. Doch kommt es auch vor, dass Nachtblindheit ganz plötzlich in der Dunkelheit auftritt.

### *Diagnose Nachtblindheit*

Suchen Sie bei Verdacht auf Nachtblindheit den Augenarzt auf. Mit einer Reihe spezieller Untersuchungen – wie der Prüfung des Gesichtsfelds, einer Messung der Augenströmungen (Elektroretinogramm) u. a. – kann er sehr schnell feststellen, ob Sie eine vererbte Nachtblindheit, also z. B. eine Netzhauterkrankung (Retinitis pigmentosa), haben.
Aber auch stark kurzsichtige Brillen- oder Kontaktlinsenträger haben bisweilen Schwierigkeiten, nachts gut zu sehen. Ebenso kann starke Müdigkeit bzw. starker Vitamin-A-Mangel denselben Effekt auslösen.

## Grauer Star

Der graue Star (Katarakt) ist eine Trübung der Augenlinse, die manchmal sogar von außen sichtbar ist. Die Linse wird dabei immer lichtundurchlässiger, bis schließlich das einfallende Licht die Netzhaut im Augenhintergrund nicht mehr erreichen kann. Ein erstes Anzeichen für den grauen Star ist gelegentliches oder ständiges Verschwommensehen. Außerdem nimmt die Blendungsempfindlichkeit der Augen, vor allem nachts, immer weiter zu; gleichzeitig lässt die Sehschärfe nach.
Je nachdem, wo und wie stark sich die Linse trübt, wird das Sehvermögen unterschiedlich stark beeinträchtigt. Der Betroffene wird dabei in den seltensten Fällen blind, doch kann die im Übrigen

Ein Operation am grauen Star ist heutzutage harmlos. Hierbei wird die Augenlinse entfernt und durch eine künstliche Linse aus Plexiglas oder Silikon ersetzt.

## Die Augen gesund ernähren

- Wie der gesamte Organismus brauchen auch unsere Augen eine ausgewogene, vitaminreiche Ernährung. Tun Sie Ihren Augen etwas Gutes – essen Sie möglichst oft Vollkornprodukte, Obst, Gemüse und Salat.
- Bei einer ausgewogenen Ernährung nimmt der Körper ausreichend Vitamine auf. Für die Augen sind dabei besonders wichtig: Vitamin A, Vitamin B1 und B2, Folsäure (Vitamin B9), Vitamin B12, Vitamin C (Askorbinsäure) und Vitamin E.

völlig schmerzlose Krankheit dazu führen, dass schließlich nur noch Helligkeitsunterschiede wahrgenommen werden können.

## info

Operationen des grauen Stars gehören zu den weltweit am häufigsten durchgeführten Operationen. Selbst für alte Menschen ist die Operation unproblematisch.

### *Ursachen des grauen Stars*

Ursachen für den grauen Star, der auch schon Kinder befallen kann, sind Stoffwechselstörungen (Diabetes mellitus), Hauterkrankungen oder eine Erkrankung der Mutter an Röteln während der Schwangerschaft. Am häufigsten ist der doppelseitige Altersstar, der nach dem 50. Lebensjahr auftritt.

### *Hilfe durch Operation*

Etwa zwei Prozent aller Menschen über 40 Jahren sind an chronischem grünen Star erkrankt oder glaukomgefährdet – oft ohne es zu wissen. Bei ersten Anzeichen sollten Sie umgehend Ihren Augenarzt aufsuchen!

Die verschiedenen Arten des grauen Stars können durch Operationen sehr gut behandelt werden. Die trüb gewordene Augenlinse wird meist operativ durch eine künstliche Linse ersetzt.

## Grüner Star

Eine der schlimmsten Augenerkrankungen überhaupt ist der grüne Star (Glaukom). Er gilt als die häufigste Erblindungsursache in den Industrieländern. Obwohl am Anfang der Krankheit keine Beschwerden auftreten, führt der grüne Star zu einem allmählichen Funktionsverlust des Auges. Der Betroffene erleidet zunehmende Gesichtsfeldausfälle und wird im Extremfall völlig blind.

Der grüne Star entsteht, wenn das so genannte Kammerwasser im Auge nicht mehr abfließen kann und sich staut. Auch eine plötzlich vermehrte Produktion von Kammerwasser ist möglich. Beides bewirkt einen Druckanstieg im Auge, der als grüner Star bezeichnet wird. Als Folge des erhöhten Drucks im Auge werden die Nervenfasern, die die Sehimpulse ins Gehirn weiterleiten, abgedrückt. Nach und nach kommt es zu einer Einengung des Gesichtsfelds, bis der Betroffene nur noch wie durch einen Tunnel sieht. Die Gefahr einer Erkrankung nimmt mit dem Alter zu – meist sind die Betroffenen älter als 40 Jahre.

Man unterscheidet zwei Formen des grünen Stars: den akuten und den chronischen grünen Star.

### *Akuter grüner Star*

Erste Anzeichen eines akuten Anfalls, der fast immer nur ein Auge betrifft, sind:

- Akute Sehminderung
- Pupillenerweiterung
- Hornhauttrübung
- Rötung des Augenweißes um die Hornhaut herum
- Augen- und Stirnkopfschmerzen
- Übelkeit und Erbrechen
- Eventuell Fieber und Schüttelfrost

Dies ist ein Fall für den Notarzt. Rufen Sie bei solchen Symptomen den Rettungsdienst.

### *Chronischer grüner Star*

Der chronische grüne Star ist relativ symptomlos; nur gelegentlich treten Kopfschmerzen und verschwommenes Sehen auf. So kann es Jahre dauern, bis der grüne Star erkannt wird, und meist ist dann das Auge schon bleibend geschädigt: Das Gesichtsfeld hat sich nach und nach verengt, die zentrale Sehschärfe bleibt aber erhalten. Suchen Sie daher bei dem geringsten Verdacht auf grünen Star einen Augenarzt auf. Er kann mit Hilfe eines Tonometers völlig schmerzlos den Augeninnendruck messen und den Sehnerv auf Druckschädigung prüfen.

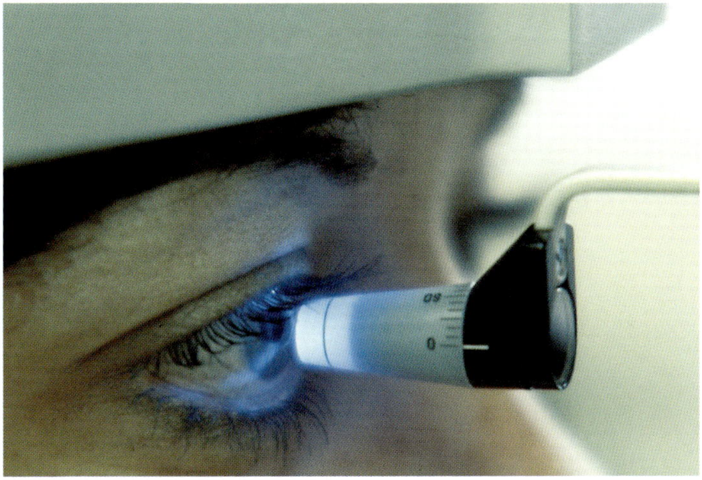

*Die Messung des Augeninnendrucks ist völlig schmerzlos.*

### *Ursachen für grünen Star*

Die Ursachen für den chronischen grünen Star sind nicht bekannt. Manchmal liegen auslösende Faktoren vor:

- Verletzungen des Auges, z. B. Risse oder Quetschungen
- Verschluss von Netzhautarterien oder -venen
- Regenbogenhautentzündung mit nachfolgender Verwachsung

Für den akuten grünen Star ist eine flache vordere Augenkammer

Der grüne Star beschädigt oder zerstört den Sehnerv. Das führt zu Gesichtsfeldausfällen, im schlimmsten Fall zu völliger Erblindung.

(enger Kammerwinkel) verantwortlich; es kommen aber noch einige Faktoren hinzu:

- Einnahme pupillenerweiternder Medikamente oder Augentropfen
- Ungewohnte körperliche Anstrengungen
- Starker psychischer Stress
- Erhöhter Kaffee- und Zigarettenkonsum

Ein neuartiges Bestrahlungsverfahren gegen die Makuladegeneration mit einem zusätzlich eingespritzten Wirkstoff soll die Sehfähigkeit wieder verbessern; es befindet sich aber noch in der Versuchsphase.

### *Hilfe durch Augentropfen und Operation*

Gegen den akuten und den chronischen grünen Star werden Augentropfen verordnet, die den Augendruck senken. Helfen diese nicht, muss eine Operation vorgenommen werden. Bei akuten Anfällen kann eine Operation schon innerhalb der nächsten Stunden nötig sein, um zu verhindern, dass das Auge völlig erblindet. Bei einer Form der Operation werden mit einem Laserstrahl winzige Löcher in den Abflusskanal gebrannt, um auf diese Weise den gefährlichen Innendruck des Auges zu senken. Das Kammerwasser, das den hohen Augendruck mitverursacht, kann durch diese Löchlein besser abfließen.
Meist wird aber ein künstliches Abflussventil im Auge geschaffen, welches das Kammerwasser besser ablaufen lässt.

**info**

Bei einer ambulanten Laserbehandlung des grünen Stars – LTP genannt – wird versucht, das Kammerwasser abzuleiten, so dass der Augendruck sinkt.

## Makuladegeneration

Der so genannte gelbe Fleck (Makula) auf der Netzhaut ist der Punkt des schärfsten Sehens. Bei einer Form der in der Regel altersbedingten Makuladegeneration wachsen unterhalb der Netzhaut wild Blutgefäße. Sie zerstören allmählich die Zapfen auf der Netzhaut und schränken so das Sehvermögen immer stärker ein. Das kann so weit führen, dass der Betroffene nur noch Hell-Dunkel-Unterschiede und grobe Umrisse erkennt; allerdings führt die Degeneration nicht zur Erblindung.
Behandelt wird sie mit dem Argon-Laser, mit dessen Strahl die wild wachsenden Blutgefäße unter der Netzhaut zerstört werden. Die Krankheit lässt sich auf diese Weise verlangsamen, nicht jedoch stoppen oder rückgängig machen.

## Sehkorrektur mit der Brille

Die Sehschwächen Kurz- und Weitsichtigkeit, Alterssichtigkeit und Astigmatismus werden bei einem routinemäßigen Besuch des Augenarztes erkannt. Der Arzt testet die Sehschärfe, untersucht den Augendruck und vermisst das Gesichtsfeld, also den Sehbereich, den wir, ohne das Auge mitzubewegen, erkennen. Stellt er dabei eine Fehlsichtigkeit fest, verschreibt er in der Regel eine Brille. Deren Stärke wird in Dioptrien angegeben.

### Brillenvariationen

Als die Brille gegen Ende des 13. Jahrhunderts erfunden wurde, verwendete man zunächst geschliffene Bergkristalle, Quarz und grüne Halbedelsteine als Vergrößerungsgläser. Letztere – die Berylle – gaben der Brille schließlich ihren Namen, während sie zunächst als Lesesteine bezeichnet wurden.

Die Brille ist das einfachste von allen optischen Korrekturmitteln. Sie gleicht Sehschwächen folgendermaßen aus:

- Bei Kurzsichtigkeit verwendet man ein Konkav- oder Minusglas, das die einfallenden Lichtstrahlen zerstreut. Die Strahlen werden so nach außen gestreut, dass sie sich wie beim Normalsichtigen genau auf der Netzhaut vereinigen. Auf diese Weise sieht der Betroffene in der Nähe und in der Ferne wieder gleichmäßig scharf.
- Bei Weit- oder Alterssichtigen wird zur Korrektur ein Konvex- oder Plusglas verwendet. Es »sammelt« die einfallenden Strahlen so, dass sie sich ebenfalls genau auf der Netzhaut vereinigen können.
- Bei einer Kombination der Kurzsichtigkeit oder Weitsichtigkeit mit Alterssichtigkeit werden Mehrstärkenbrillen oder Gleitsichtbrillen verordnet: Mehrstärkenbrillen haben einen ins Brillenglas eingeschliffenen Leseteil, Gleitsichtbrillen einen stufenlosen (»gleitenden«, daher der Name) Übergang zwischen Fern- und Nahteil.

**info**

Die Sehschärfe ist die Fähigkeit der Netzhautmitte, Gegenstände scharf zu erkennen, auch wenn diese klein sind. Sie nimmt im Lauf der Jahre ab und kann bei beiden Augen verschieden stark ausgeprägt sein. Gemessen wird sie mit Hilfe des Abstands, den zwei Punkte voneinander haben, die man noch als getrennt wahrnehmen kann.

Einige Menschen empfinden es als lästig, von einer Sehhilfe abhängig zu sein. Die Brille erinnert sie ständig an ihre »Behinderung«.

## Vor- und Nachteile der Brille

Die Brille dient neben der Verbesserung des Sehens auch als Schmuck und betont eine bestimmte Persönlichkeit. Nicht zuletzt ist sie die häufigste und auch eine preiswerte Form der Sehhilfe. Es gibt jedoch Situationen, in denen das Tragen einer Brille lästig oder sogar unmöglich sein kann. Brillen beschlagen sich, werden nass, gehen bisweilen leicht zu Bruch – oder sie gehen verloren. Auch beim Sport (etwa beim Schwimmen) erweisen sie sich meist als hinderlich.

Welchem Brillenträger ist das nicht lästig: Man kommt in der kalten Jahreszeit von draußen herein und muss erst einmal warten, bis die Brille nicht mehr beschlagen ist, bevor man etwas erkennen kann.

Es gibt aber auch Formen der Sehschwäche, die das Tragen einer Brille fast unmöglich machen. So bewirkt etwa ein sehr großer Dioptrienunterschied zwischen beiden Augen, dass die Größe des auf der Netzhaut abgebildeten Gegenstands auf beiden Seiten stark unterschiedlich ist. Das kann zu Kopfschmerzen oder Sehschwierigkeiten führen. Außerdem wirkt sich der

### Die Abkürzungen des Brillenpasses

- R / L: Hier stehen die Angaben für das rechte und das linke Auge.
- Sph: Dies bedeutet Sphäre und steht für die Fehlsichtigkeit, wobei minus für Kurzsichtigkeit steht, plus für Weitsichtigkeit (Beispiel: –2,00 / –2,50).
- Zyl oder cyl: Dies bedeutet Zylinder. In dieser Spalte steht eine mögliche Hornhautverkrümmung Ihrer Augen (Beispiel: –1,0 / +1,5).
- Ach oder A: Bei dieser Abkürzung für Achse wird der Winkelgrad angegeben, in dem Ihre Hornhautverkrümmung liegt (Beispiel: 90° / 90°).
- Add: Unter dieser Abkürzung finden Sie die Addition zu Ihrer Fehlsichtigkeit, wenn Sie zusätzlich alterssichtig sind (Beispiel: +1,0 / +1,0).

Vergrößerungs- bzw. Verkleinerungseffekt der Brillengläser bei höheren Brechungsfehlern negativ aus: Bei Kurzsichtigen wird das gesehene Bild stark verkleinert, bei Weitsichtigen erscheinen die Augen durch die Brillengläser unnatürlich groß. Und gerade bei stark fehlsichtigen Menschen kann die Einengung des Gesichtsfelds durch eine Brille störend sein.

### *Der Brillenpass*

Wenn Sie Ihre Brille beim Optiker abholen, erhalten Sie auch einen kleinen Brillenpass. Auf diesem ist neben der Nummer des Brillengestells alles verzeichnet, was etwa beim Ersatz eines Glases beachtet werden muss. (Die Abkürzungen des Brillenpasses sind im Kasten auf Seite 40 erläutert.)
Sollten Sie schnell einen Brillenersatz brauchen, ist der Brillenpass sehr nützlich. Wenn Ihre Brille allerdings schon etwas älter ist, empfiehlt es sich, nicht einfach die gleichen Gläser nachzubestellen, sondern zunächst beim Augenarzt die Fehlsichtigkeit überprüfen zu lassen.

## Sehkorrektur mit Kontaktlinsen

Die Kontaktlinsen – auch Haftschalen genannt – sind, verglichen mit der Brille, eine moderne Erfindung. In den letzten Jahren wurden sie

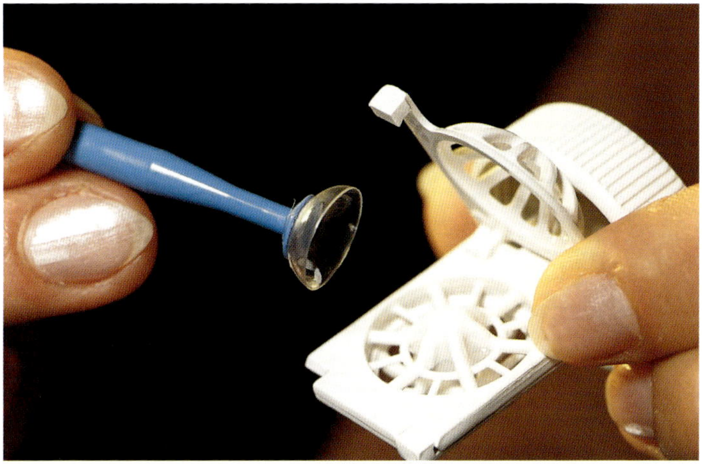

*Der Vorteil von Kontaktlinsen: Man hat damit – abgesehen vom Pflegeaufwand – fast den Komfort von Normalsichtigen. Der Nachteil: Sie wirken ungünstig auf den Tränenfluss und können Horn- und Bindehaut reizen.*

durch neuartige Materialien und bessere Pflegesysteme immer sicherer und verträglicher. Für besondere Fälle von Sehschwächen können Kontaktlinsen ganz speziell angefertigt werden. Kontaktlinsen, vor allem harte, sind die beste optische Korrektur von Fehlsichtigkeit.
Die Kontaktlinsen sind durchsichtige Schalen aus formstabilem oder weichem Kunststoff, die ins Auge

eingesetzt werden. Sie »kleben« nicht direkt auf der Hornhautoberfläche, sondern schwimmen durch den Tränenfilm des Auges auf ihr. Durch die Krümmung der Hornhaut werden sie auf deren Mitte festgehalten, sind jedoch frei beweglich. Voraussetzung dafür ist allerdings ein ausreichender Tränenfluss. Sonst kann die Hornhaut des Auges beschädigt werden, und die Kontaktlinse wird ständig als Fremdkörper im Auge empfunden.

**info**

Beruhigend zu wissen: Durch chronische Übermüdung werden die Augen nicht auf Dauer geschädigt. Und wenn Sie mal keine Lust haben, Ihre Brille oder Ihre Kontaktlinsen zu tragen, lassen Sie es bleiben – auch davon tragen die Augen keinen bleibenden Schaden davon.

## Harte Kontaktlinsen

Harte oder formstabile Kontaktlinsen sind etwas kleiner als der Durchmesser der Hornhaut. Sie gleichen Fehlsichtigkeit oft besser aus als weiche Linsen, da diese sich an eventuelle Hornhautunebenheiten anpassen. Meist ist das Bild mit ihnen auch schärfer. Der Nachteil der Brille, dass bei stärkerer Fehlsichtigkeit das Bild extrem verkleinert oder vergrößert wird, fällt mit Kontaktlinsen weg.

### *Nachteile*

Ihr Material macht harte Kontaktlinsen gewöhnungsbedürftiger als weiche, da der Rand anfangs auf der Hornhaut und an den Lidern zu spüren ist. An das Fremdkörpergefühl im Auge muss sich der Träger erst gewöhnen. Bei schnellen Kopfbewegungen, wie sie beim Sport vorkommen, werden harte Kontaktlinsen manchmal verloren.
Ein gemeinsamer Nachteil von harten und weichen Kontaktlinsen: Während des Tragens wird die Hornhaut mit weniger Sauerstoff und Nährstoffen versorgt. Daher sollte man den Augen täglich mehrere Stunden ohne Kontaktlinsen gönnen, damit Sie »Luft schnappen« können. Sonst kann es passieren, dass Gefäße in die Hornhaut einwachsen und bleibende Schäden am Auge entstehen.

## Weiche Kontaktlinsen

Weiche Kontaktlinsen sind etwas größer als die Iris des Auges. Es gibt inzwischen auch eingefärbte Linsen mit einem Abdruck der Iris, die für kosmetische Belange infrage kommen. Weiche Linsen benötigen

kaum eine Eingewöhnungszeit; meist spürt der Träger sie gar nicht im Auge. Dafür erfordern sie etwas mehr Pflege und sind auch nicht so leicht zu handhaben wie harte Linsen. Wichtig ist bei der Auswahl die Frage, wie lange Sie die Kontaktlinsen täglich tragen wollen. Denn die Sauerstoffdurchlässigkeit muss darauf ausgerichtet sein, Probleme an den Augen (z. B. das Einwachsen kleiner Gefäße) zu verhindern.
Der Nachteil der Brille, dass bei stärkerer Fehlsichtigkeit das Bild stark verkleinert oder vergrößert wird, fällt bei den weichen Linsen weg.

### *Nachteile*

Da weiche Kontaktlinsen die Form der Hornhaut annehmen, sind für Astigmatismus und andere Hornhautunregelmäßigkeiten Speziallinsen erforderlich. Ungeeignet sind sie bei zu wenig Tränenflüssigkeit. Da sie Konservierungsmittel aus Reinigungsflüssigkeiten und Umweltgifte einlagern, können sie bei manchen Trägern allergische Reaktionen auslösen; die Hornhaut wird beschädigt, oder die Bindehaut wird gereizt. Auch besteht die Gefahr von bakteriellen oder Pilzinfektionen am Auge.

Wenn Sie regelmäßig den ganzen Arbeitstag am Bildschirm verbringen, sollten Sie jede Stunde fünf Minuten Pause machen. Um auftretende Verspannungen im Nacken- und Rückenbereich zu lösen, empfiehlt es sich, in der Freizeit zu schwimmen. Das entspannt auch die Augen.

## Am Computer augengerecht arbeiten

- Achten Sie darauf, dass Ihre Brille entspiegelt ist, weil das unerwünschte Reflexe auf den Gläsern verhindert. Getönte Brillengläser sind für die Arbeit am PC ungeeignet.
- Denken Sie daran, dass Sie nicht zu nah am Bildschirm sitzen. (Der Abstand zu den Augen muss 50 bis 70 Zentimeter betragen.) Der Monitor sollte etwas nach hinten gekippt sein und keine Lichtquellen reflektieren.
- Und denken Sie daran: öfter mal eine Pause einlegen. Wenden Sie die Augen vom Bildschirm weg in die Ferne. Vielleicht haben Sie vor dem Fenster einen Baum oder sonst etwas Grünes, das Sie betrachten können. Schließen Sie die Augen für ein paar Minuten. Dabei tief atmen und entspannen.

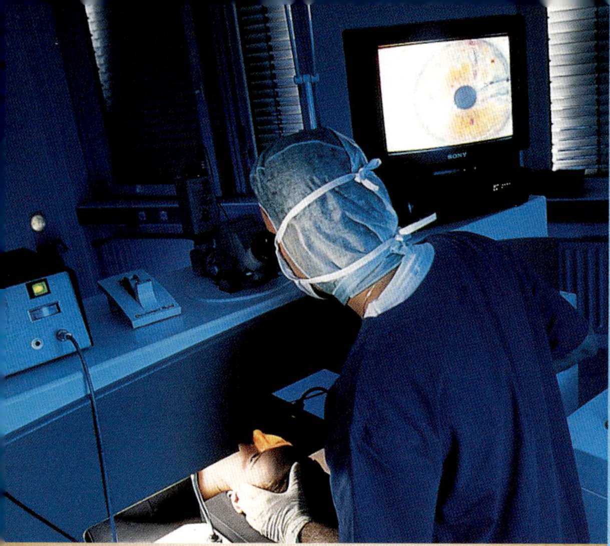

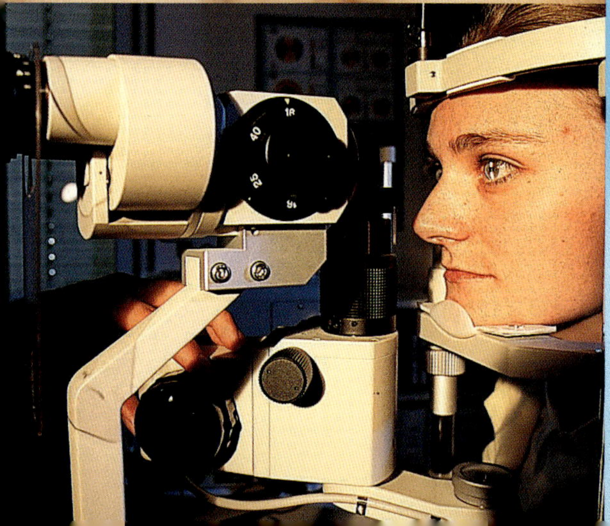

# Der Laser in der Augentherapie

*Laserverfahren sind in der Medizin auf dem Vormarsch. Vor allem die Augenheilkunde hat hier eine rasante Entwicklung erlebt, seit mit Excimer-Lasern die Kurz-, Weit- und Stabsichtigkeit unblutig und schmerzfrei zu korrigieren ist. Dieses Kapitel gibt Ihnen zunächst einen allgemeinen Überblick über die Methoden. Im nächsten Kapitel erfahren Sie dann die genauen Abläufe eines ambulanten Eingriffs bei Fehlsichtigkeit.*

*Ein Lasereingriff am Auge ist absolute Präzisionsarbeit; ebenso genau und sorgfältig müssen die Voruntersuchungen durchgeführt werden.*

## Neue Chancen

Rund 30000 Kurzsichtige pro Jahr lassen sich in Deutschland durch Laserstrahlen von ihren Brillen befreien, und es werden immer mehr. In den USA sind es sogar schon über zwei Millionen Fehlsichtige im Jahr, die sich einer Behandlung unterziehen. Die neuere Form der Laserbehandlung, das so genannte LASIK-Verfahren, ermöglicht es, stärker kurzsichtige Patienten sicherer zu behandeln als bisher. Auch Weit- und Stabsichtige, bei denen noch vor einigen Jahren nur eine eingeschränkte Möglichkeit der Operation bestand, können mittlerweile darauf hoffen, dass sie nach einer Behandlung ganz ohne Brille auskommen.
Die Lasertechnologie stellt eine relativ neue Methode dar, Fehlsichtigkeiten zu behandeln. Andere Augenkrankheiten (etwa Löcher in der Netzhaut oder Netzhautablösung) sind schon länger eine Domäne der Laserbehandlung. Da der Laser ein sehr präzises Operieren ermöglicht, verbinden sich mit seinem Einsatz hohe Hoffnungen für die so genannte refraktive Chirurgie.

# Kurze Geschichte des Lasers

Bereits 1917 sagte ihm Albert Einstein eine große Karriere voraus. Doch es sollte noch einige Zeit vergehen, bis es gelang, einen Laser zu konstruieren. Erst seit einigen Jahrzehnten wird der Laser in Industrie und Technik erfolgreich eingesetzt. Neuere Excimer-Laser werden beispielsweise zur Herstellung von Computerchips benutzt.
Auch in der Medizin nimmt die Verwendung des Lasers für so genannte minimal invasive Eingriffe ständig zu. Um Augenkrankheiten zu behandeln, werden medizinische Laser schon seit beinahe 30 Jahren verwendet.
Die Behandlung des Auges mit dem Excimer-Laser wurde 1983 in den USA eingeführt. Die Veröffentlichung von Fotos, auf denen mit einem Laserstrahl mikrofeine Hornhautschichten abgetragen worden waren, löste in Fachkreisen Begeis-

**info**

Nach Umfragen sind mehr als ein Drittel der Kontaktlinsen- und Brillenträger hierzulande mit ihrer momentanen Sehkorrektur unzufrieden bzw. vertragen sie nicht. Etwa die Hälfte der Befragten stehen einem Lasereingriff am Auge positiv und aufgeschlossen gegenüber.

Die Entfernung zwischen Erde und Mond konnte erst mit Laserstrahlen exakt vermessen werden.

terung aus. Damit hatte die mikroskopische Hornhautbehandlung einen großen Sprung nach vorn gemacht, denn ab diesem Zeitpunkt waren Operationen im Mikrobereich möglich.

### PRK und LASIK

Seit 1987 wird mit dem Excimer-Laser auch die Kurzsichtigkeit operativ korrigiert – die Methode nennt man PRK (photorefraktive Keratektomie).
1990 wurde das LASIK-Verfahren (Laser-in-situ-Keratomileusis) entwickelt. Bei dieser neuartigen Methode wird nicht mehr die Oberfläche der Hornhaut behandelt, sondern die darunter liegende Hornhautschicht, was die Heilung erheblich beschleunigt.
Mit LASIK können nun auch wesentlich stärkere Fehlsichtigkeiten behandelt werden.
Mehr als zwei Millionen Patienten sind weltweit mit beiden Methoden bereits operiert worden, und mehrere Zehntausend wurden in Studien erfasst.

**info**

Seit 1996 laufen in Deutschland Langzeitstudien über die Auswirkungen von LASIK. Bisher führte die Methode zu hoher Zufriedenheit bei den Behandelten.

## So funktioniert ein Laser

Ein Laser ist ein Gerät, das sehr intensive und scharf gebündelte Lichtstrahlen erzeugt. »Laser« ist die Abkürzung von englisch »Light Amplification by Stimulated Emission of Radiation« (= Lichtverstärkung durch angeregte Strahlungsemission). Der Laser kann kleinste Teile (Atome und Moleküle) in Bewegung versetzen oder auch zerstören. In der Chirurgie kommt auch die Gerinnungswirkung des Laserstrahls zur Anwendung; er hilft, das Blut zu stillen. Dass der Laserstrahl gezielt Gewebe zerstören kann, macht man sich z. B. bei der Entfernung von Nierensteinen zunutze: Sie werden mit dem Laser in winzige Teile zertrümmert (Lithotripsie).
Voraussetzung für den Laserprozess ist ein Medium, das verschiedene Energieniveaus besitzen muss; es kann aus Gas oder Kristall bestehen. Für so genannte refraktive Augenoperationen wird ein Excimer-Laser verwendet – dieser Kaltlichtlaser funktioniert auf der Basis von Gas.

## Wie der Laserstrahl entsteht

Die Laserröhre ist ein Hochdruckbehälter mit zwei einander gegenüberliegenden Spiegeln und Elektroden zur Stromversorgung. Um sie in Betrieb zu setzen, füllt man die Laserröhre mit einem Gasgemisch. Verwendet wird eine Mischung aus Edelgasen (Argon, Xenium, Krypton) und Halogenen (Fluor und Chlor), versetzt mit einem »Trägergas«. Das Gas wird durch die hohe Zufuhr von Strom (rund 30000 Volt) in eine starke Spannung versetzt. Ist es mit hoher Energie aufgeladen, entlädt es sich wieder: Es gibt die Energie in Form von Licht ab.

### *Bündelung durch Spiegel*

Das vom Gas abgegebene Licht wird in der Laserröhre durch die zwei Spiegel hin und her geworfen und verstärkt. Dann tritt es als energiereicher Strahl aus der Röhre aus. Das Gas dagegen fällt in seinen energiearmen Ausgangszustand zurück und kann wieder neu aufgeladen werden. Da der Strom dem Gas gleichmäßig zugeführt wird, sind auch die Energieentladungen äußerst gleichmäßig. Bis zu 500 Entladungen pro Sekunde machen den Laserstrahl zu einem höchst präzisen Arbeitsinstrument. Die Stärke des Laserstrahls kann dabei mit Hilfe des Computers je nach Bedarf variiert werden.

### *Eine Frage der Wellenlänge*

Die Wellenlänge des Lichtstrahls bestimmt, wie tief der Laserstrahl in das Gewebe eindringt. Um sich eine ungefähre Vorstellung von der Feinheit eines Laserstrahls zu machen: Rund 200 »Laserschüsse« sind nötig, wenn man ein menschliches Haar mit dem Laser durchtrennen will!

In Deutschland, das bei der Entwicklung der Excimer-Laser neben den USA eine führende Position innehat, operieren heute mehrere Hundert Augenärzte mit diesen Geräten.

*Der Laserstrahl ist ungefährlich, man kann bei einer Behandlung zuschauen.*

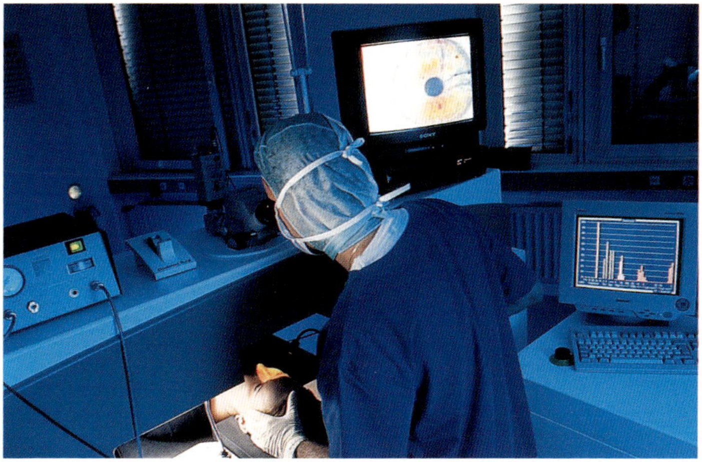

Während sich bei den herkömmlichen chirurgischen Eingriffen am Auge das exakte Ergebnis schlecht vorhersagen ließ, sind die Ergebnisse beim Excimer-Laser wesentlich präziser.

## Der Excimer-Laser

Der Excimer-Laser ist ein Laser, der mit Gas arbeitet. »Excimer« ist die Kurzform des englischen »Excited Dimer« (= angeregtes Molekül). Seine Lichtstrahlen liegen in dem für das menschliche Auge unsichtbaren Ultraviolettspektrum; sie sind kalt. Aufgrund der Tatsache, dass sie hoch energiegeladen sind, eignen sie sich hervorragend zum feinen und präzisen Arbeiten und werden für die Korrektur von Fehlsichtigkeiten eingesetzt.

Wie schon beschrieben, entsteht die ultraviolette Strahlung in der Laserröhre, indem dem Gasgemisch eine hohe Spannung zugeführt wird. Der gebündelte Strahl tritt aus der Röhre aus und wird über ein kompliziertes, teilweise bewegliches System von Spiegeln zum Auge projiziert, das behandelt wird. Welche Stellen der Hornhaut der Strahl modellieren soll, wurde vorher in einer Untersuchung genau vermessen. Mit den Daten wurde ein Computer gespeist, der nun die Führung des Laserstrahls übernimmt und die Arbeit genau kontrolliert. Damit bei diesem hoch sensiblen Vorgang keine Fehler passieren können, sind verschiedene Sicherungsmechanismen eingebaut.

- Zwei Spiegel lenken den Laserstrahl auf die zu behandelnden Areale der Hornhaut.
- Das so genannte Eye-Tracking-System gleicht unbewusste Augenbewegungen des Patienten aus.

### *Berührungsfrei operieren*

Der Excimer-Laser überträgt die Energie des Strahls nur auf sehr dünne Gewebeschichten. Das daneben und darunter liegende Gewebe ist davon nicht betroffen. Der Laserpuls berührt nur winzige Teile der Hornhaut. Dabei werden – durch die hohe Energie – einzelne Moleküle, also winzigste Teilchen der Hornhaut von nur einigen Tausendsteln Millimeter Größe, ohne jede Berührung (durch Disruption = Aufbrechung der molekularen Bindekräfte ohne thermische Effekte)

**info**

**Kostenfaktoren beim Laser**
- Spezielle Keramiken der Laserröhre
- Optik und Steuerelemente von höchster Präzision
- Rascher Verschleiß von Röhre und Optik durch hohe Energie
- Gas muss regelmäßig ausgetauscht werden
- Nur fünf Prozent des aufgewendeten Stroms können in Laserenergie umgewandelt werden

abgetragen. Die Mediziner nennen diesen Vorgang Photoablation. Die abgetragene Schicht ist so dünn, dass sie vom bloßen Auge gar nicht wahrgenommen werden kann. Erst nach mehrmaliger Bearbeitung desselben Punktes mit dem Laserstrahl wird die behandelte Stelle auf der Hornhaut sichtbar.

### *Breites Einsatzspektrum*

Mit dem Excimer-Laser werden die PRK (photorefraktive Keratektomie, siehe Seite 51f.) und die modernere LASIK-Behandlung (siehe Seite 52f.) durchgeführt. Neben der Korrektur von Fehlsichtigkeiten kommt er aber auch bei der Entfernung von Hornhautnarben und oberflächlichen Hornhautveränderungen, die das Sehen beeinträchtigen, zum Einsatz.
Bei internationalen augenärztlichen Kongressen spielt die Behandlung mit dem Excimer-Laser heute eine dominierende Rolle. In Deutschland wurde das Excimer-Laserverfahren vom Berufsverband der Augenärzte Deutschlands (BVA) und von der Deutschen Ophthalmologischen Gesellschaft – der höchsten wissenschaftlichen Institution der Augenheilkunde in Deutschland – geprüft und (für verschiedene Fehlsichtigkeiten in unterschiedlichen Dioptrienstärken) »wissenschaftlich anerkannt«, d. h. als sicher und zuverlässig eingestuft.

## Der Argon-Laser

Im Gegensatz zum Excimer-Laser ist der Argon-Laser ein heißer Laser. Seine erste Anwendung in der Augenheilkunde liegt schon drei Jahrzehnte zurück. Dieser mit Argongas arbeitende Laser ist geeignet, die Netzhaut mit ihrer Unterlage zu verschweißen, z. B. zur Vorbeugung oder Behandlung von Löchern oder kleinen Netzhautablösungen. Er wird auch bei einer Reihe anderer Netzhauterkrankungen, z. B. diabetischen Netzhauterkrankungen, Venenthrombosen, Tumoren und manchen Formen der altersbedingten Makuladegeneration eingesetzt.

**info**

Der Excimer-Laserstrahl besteht aus ultravioletten Strahlen, wie sie auch die Sonne abgibt. Eine zu starke Sonneneinstrahlung kann Verbrennungen hervorrufen – das ultraviolette Licht des Lasers allerdings nicht. Es hat eine andere Wellenlänge als Sonnenstrahlen. Da auch die Strahlung in der Umgebung des Lasers nicht gefährlich ist, kann man bei der Behandlung ohne Gefahr direkt zusehen.

Beim Lasereingriff wird, im Unterschied zu den früheren Behandlungen, nicht mit Stahl- oder Diamantmessern operiert, sondern mit dem exakteren Laserstrahl. Das Gewebe wird nicht geschnitten, sondern mit dem Laserstrahl in feinen Gewebemolekülen abgetragen.

### Der YAG-Laser

Dieser Festkörperlaser kann an bestimmten Stellen im Augeninneren kleine Gewebezerreißungen erzeugen, ohne nahe gelegene andere Strukturen zu beschädigen. Daher eignet er sich z. B. zur Behandlung des Nachstars.

### Der Holmium-Laser

Der Holmium-Laser ist ein heißer Laser. Er arbeitet mit einem Lichtstrahl im (unsichtbaren) Infrarotbereich, der Wärme ausstrahlt. Der Infrarotstrahl ist gut für Operationen am Auge geeignet, weil er ein punktgenaues Arbeiten ermöglicht. Die Wärmewirkung des Lichtstrahls bewirkt im Hornhautgewebe des Auges eine Änderung der Struktur. Während die Zellen wieder abheilen, schrumpfen sie. Diese Wirkung wird bei der Laser-Thermo-Keratoplastik eingesetzt, um Weitsichtigkeit zu korrigieren (siehe Seite 51).

## Formen der Laserbehandlung

Augenbehandlungen mit den verschiedenen Lasertypen werden zu unterschiedlichen Zwecken eingesetzt: Fehlsichtigkeiten können ebenso korrigiert werden wie etwa Risse in der Netzhaut oder die beginnende Ablösung der Netzhaut von ihrem Untergrund.
In den letzten Jahrzehnten wurden schon eine Reihe von Laseroperationen standardmäßig durchgeführt; weitere, verbesserte Arten

### Laser gegen Netzhautablösung

- Zur Behandlung einer Netzhautablösung werden mit dem Argon-Laserstrahl winzige Punkte der Netzhaut – von 0,05 bis 0,25 Millimeter Durchmesser – »verbrannt«.
- Bei der Narbenbildung, die nun folgt, klebt die Netzhaut an der darunter liegenden Aderhaut fest und kann sich nicht weiter ablösen.

von Lasereingriffen am Auge mit neu entwickelten Lasern werden seit einigen Jahren verstärkt eingesetzt. Zu den gut eingeführten Lasermethoden gehört zum einen die LTK (Laser-Thermo-Keratoplastik). Mit ihr wird Weitsichtigkeit behandelt. Zum anderen gehören dazu die beiden Operationsformen mit dem Excimer-Laser, die PRK (Photorefraktive Keratektomie) und das LASIK-Verfahren (Laser-in-situ-Keratomileusis).

## Laser-Thermo-Keratoplastik (LTK)

Mit der LTK wird Weitsichtigkeit mit dem Holmium-Laser behandelt. Dabei wird die Hornhautoberfläche ringförmig mit einem computergesteuerten Laser erwärmt. Einzelne Zellen werden so gezielt beschädigt. Während sie wieder verheilen, schrumpfen sie; es bildet sich ein strafferes Narbengewebe. Diese Straffung bewirkt zugleich, dass sich die unbehandelte zentrale Hornhaut stärker wölbt. Dadurch ändert sich auch die Brechkraft des Auges – Weitsichtigkeit kann so behoben werden.

Mit der LTK kann Weitsichtigkeit bis zu plus drei Dioptrien behandelt werden. Die Augenarztverbände BVA und DOG haben die LTK allerdings lediglich zur Behandlung der Weitsichtigkeit bis zu plus 1,5 Dioptrien wissenschaftlich anerkannt. Behandlungen über plus drei Dioptrien sind nach ihrer Auffassung abzulehnen.

Zur Behandlung der Kurzsichtigkeit und Hornhautverkrümmung ist die LTK ungeeignet.

Der Nachteil dieses Verfahrens im Vergleich zur PRK- und LASIK-Behandlung: Nachkorrekturen sind schwierig. Das Behandlungsergebnis kann nicht sehr genau vorhergesagt werden.

## Photorefraktive Keratektomie (PRK)

Die PRK wird mittlerweile seit 13 Jahren durchgeführt, um Kurzsichtigkeit und Hornhautverkrümmung zu beheben.

Bei der PRK wird das Auge vorher genau vermessen und u. a. eine Hornhauttopografie angelegt. Die Daten werden in einen Computer eingegeben. Nach diesem Pro-

Der Einsatz des Computers ist bei allen neueren Laseroperationen von enormer Bedeutung. Mit Hilfe des Computers wird ein genaues Bild der Hornhautoberfläche aufgezeichnet, bevor eine Excimer-Laserbehandlung vorgenommen wird. Es entsteht eine »Oberflächenlandkarte« des Auges, an der sich der Laserstrahl bei der Operation orientiert.

In Deutschland sind mittlerweile mehr als 100 Excimer-Lasergeräte im Einsatz, weltweit sind es sogar mehrere Tausend. Die Entwicklung geht zu immer kleineren und weiter spezialisierten Geräten.

gramm trägt der Laser Teile der oberen Hornhautschichten im Mikrometerbereich ab. Das Ergebnis: Die Brechkraft des Auges wird korrigiert; es wird gleichsam eine »natürliche« Linse »geschliffen«. Man sieht wieder scharf.

Mit der PRK kann Kurzsichtigkeit bis zu minus sechs Dioptrien behandelt werden. Auch bei einer gleichzeitig bestehenden Hornhautverkrümmung bis zu drei Dioptrien gilt die PRK als gutes Behandlungsverfahren.

BVA und DOG haben die PRK als Behandlungsmethode bis zu den genannten Dioptrienstärken wissenschaftlich anerkannt. PRK-Behandlungen der Kurzsichtigkeit über minus zehn Dioptrien sind nach ihrer Auffassung abzulehnen.

Die PRK ist auch geeignet, um oberflächliche Narben oder krankhafte Hornhautveränderungen zu behandeln. (In diesem Fall wird sie als PTK bezeichnet.) Zur Behandlung von Weitsichtigkeit ist die PRK umstritten.

## info

Der genaue Ablauf von PRK und LASIK wird im nächsten Kapitel »Die ambulante Laserbehandlung« beschrieben (siehe dazu Seite 56ff.). Hier finden Sie auch alles zu den Nebenwirkungen und Risiken der beiden Operationsmethoden.

## Das LASIK-Verfahren

Das LASIK-Verfahren eignet sich vor allem für stark Fehlsichtige, aber auch für geringer Fehlsichtige. Es ist das modernste Verfahren zur Behebung von Fehlsichtigkeiten und stellt eine Weiterentwicklung der PRK dar. In Europa und den USA wird es seit zehn Jahren zur Behandlung der Kurzsichtigkeit angewendet; die Erfahrungen mit Weitsichtigkeit und Hornhautverkrümmung sind etwas kürzer.

Beim LASIK-Verfahren wird zunächst eine oberflächliche Hornhautschicht (120 bis 160 Mikrometer) teilweise eingeschnitten und weggeklappt. Dann wird das darunter liegende Gewebe – entsprechend der Fehlsichtigkeit – mit dem Laser abgetragen und die Hornhautlamelle wieder zurückgeklappt. Sie hält ohne Naht und passt sich genau der neuen Unterfläche an.

Weitsichtigkeit kann bis zu plus fünf Dioptrien, Hornhautverkrümmung bis zu sechs Dioptrien und Kurzsichtigkeit bis zu minus zwölf Dioptrien behandelt werden (allerdings in Abhängigkeit der Hornhautdicke einzelner Patienten).

BVA und DOG haben die LASIK-Behandlung der Hornhautverkrümmung bis zu drei Dioptrien und der Kurzsichtigkeit bis zu minus zehn Dioptrien wissenschaftlich anerkannt. Behandlungen über minus zwölf Dioptrien sind nach ihrer Auffassung abzulehnen.
Die Behandlung der Weitsichtigkeit bis zu plus fünf Dioptrien ist noch nicht wissenschaftlich anerkannt, befindet sich aber in klinischer Erprobung. Laserbehandlungen über plus fünf Dioptrien sind abzulehnen.

## Weitere Verfahren

Es gibt einige neuere und spezielle Verfahren, bei denen Ringe bzw. Linsen ins Auge eingesetzt werden, sowie einen chirurgischen Eingriff zur Behandlung hoher Hornhautverkrümmung.

### *Hornhautringe (ICR oder Intacs)*

Patienten mit Kurzsichtigkeit bis zu minus fünf Dioptrien kann ein Hornhautring (Intra-Cornealer-Ring) in einer Tiefe von zwei Dritteln der Hornhaut eingesetzt werden. Hierzu ist ein kleiner Schnitt mit einer Naht nötig. Die Operation ist wieder rückgängig zu machen; der Ring kann wieder entfernt werden.

### *Kunstlinsen (CLE und ICL)*

Diese Operationen werden bei hochgradig weit- oder kurzsichtigen Patienten vorgenommen. Dabei ersetzt im einen Fall die Kunstlinse

Die älteren operativen Eingriffe, um Fehlsichtigkeiten zu verbessern oder zu beheben (wie etwa radiäre Keratotomie oder Hornhautschleifung), haben allesamt den Nachteil, dass ihre genaue Wirkung schlecht vorauszusehen ist. Die Verfahren waren nicht präzise genug, hatten eine hohe Komplikationsrate und führten oft nicht zu stabilen Ergebnissen. Sie werden heute kaum mehr angewendet.

### Was Kurzsichtige bedenken sollten

Meist ist der Wunsch, endlich keine Brille oder Kontaktlinsen mehr tragen zu müssen, ausschlaggebend für die Entscheidung zur Laseroperation. Ab dem 40. bis 45. Lebensjahr benötigen jedoch die meisten Menschen zum Naharbeiten oder Lesen eine Lesebrille. Gering Kurzsichtige – also bis etwa minus drei Dioptrien – haben in diesem Alter einen Vorteil, da sie meist auch dann noch ohne Brille lesen können. Dieser »Vorteil« geht ihnen bei einer Laserkorrektur der Kurzsichtigkeit jedoch verloren.

Seit 1998 wird mit einer Methode gegen Alterssichtigkeit experimentiert. Bei einer Operation wird der Abstand zwischen der Linse und den sie haltenden, aber erschlafften Fasern wieder vergrößert, indem die Lederhaut des Auges gedehnt wird. Dies geschieht mit Hilfe von vier winzigen durchsichtigen Kunststoffelementen, die im Bereich des Ziliarkörpers eingesetzt werden.

(Clear Lens Extraction) die natürliche Linse (ähnlich wie bei der Operation des grauen Stars).
Im anderen Fall wird die Kunstlinse (Intraoculare Contaktlinse) nach einem Schnitt vor die eigentliche Augenlinse geschoben. Die letzte Methode wird erst seit 1997 in Deutschland durchgeführt.

### *Astigmatische Keratotomie (AK)*

Dies ist ebenfalls ein wissenschaftlich anerkanntes Verfahren zur Reduzierung hoher Hornhautverkrümmungen. Hierbei werden parallel zum Hornhautrand tiefe Schnitte in die Hornhaut gelegt, deren Vernarbung zur gewünschten Formveränderung führt.

## Welches Verfahren wann?

| | |
|---|---|
| **Wissenschaftlich anerkannt** | |
| Kurzsichtig bis –3 dpt | PRK, LASIK oder ICR (Hornhautring) |
| Kurzsichtig bis –6 dpt | PRK, LASIK |
| Kurzsichtig bis –10 dpt | LASIK |
| Weitsichtig bis +1,5 dpt | LTK |
| Hornhautverkrümmung bis 3 dpt | PRK, LASIK, AK (Hornhautschnitte) |
| Hornhautverkrümmung über 3 dpt | AK |
| **Im Stadium der klinischen Erprobung** | |
| Kurzsichtig über –10 dpt | ICL (zusätzliche intraokulare Linse)<br>CLE (Austausch der klaren Augenlinse)<br>LASIK (bis –12 dpt) |
| Weitsichtig bis +5 dpt | LASIK, CLE |

(Einstufung der Kommission Refraktive Chirurgie (KRC))

## Erfolge und Risiken

Angesichts der hohen Zahl an Fehlsichtigen in Deutschland – Statistiken zufolge rund 50 Millionen – ist es kein Wunder, dass der Lasertherapie in der Öffentlichkeit immer größere Aufmerksamkeit zuteil wird. Auf eine solche Methode haben viele gewartet: Laserbehandlungen werden ambulant durchgeführt; sie sind schmerzlos, und der Eingriff ist nach wenigen Minuten vorbei. Außerdem: Die Erfolgsquote ist hoch, um es nur am Beispiel der Kurzsichtigkeit zu zeigen:

- Von den gering bis mittel Kurzsichtigen zwischen minus zwei und minus sechs Dioptrien brauchen nach einer Laserbehandlung 90 Prozent der Patienten keine Brille mehr.
- Bei den stark Kurzsichtigen zwischen minus sechs und minus zehn Dioptrien sind es 86 Prozent, die anschließend den Alltag ohne Brille bewältigen.

Bei Patientenbefragungen waren 93 Prozent der Behandelten teilweise oder vollständig zufrieden mit dem Ergebnis, drei Prozent unzufrieden. Ein Grund der Unzufriedenheit kann sein, dass manche Patienten blend- und lichtempfindlich sind. Nicht bei allen Patienten verlief der Heilungsprozess so, dass sie schließlich gar keine Brille mehr brauchten; doch wurden bei 80 Prozent von ihnen die persönlichen Erwartungen an die Behandlung voll erfüllt.

Bei aller Euphorie über die hoch entwickelten Lasertechniken darf nicht vergessen werden, dass eine Behandlung keine 100-prozentige Garantie bietet und dass auch ein Lasereingriff, wie jede Operation, bestimmte Risiken birgt. Darüber hinaus kann nur die aktuelle Fehlsichtigkeit behoben werden, nicht jedoch die eigentliche Ursache – sie kann sich also weiterentwickeln.

### Information ist wichtig

Mit den Vor- und Nachteilen einer Laserbehandlung sollten Sie sich bei Interesse gründlich beschäftigen, damit Ihre Erwartungen an eine Operation realistisch sind und Sie später keine Enttäuschung erleben. Das nächste Kapitel bietet Ihnen Gelegenheit dazu.

Fachleute stellten fest, dass eine PRK-Behandlung für das Auge kein höheres Sicherheitsrisiko bedeutet als das Tragen von Kontaktlinsen. Bei beidem beträgt das Risiko für Komplikationen – etwa, dass Entzündungen entstehen oder Gefäße einwachsen – nur 0,5 bis 1,0 Prozent.

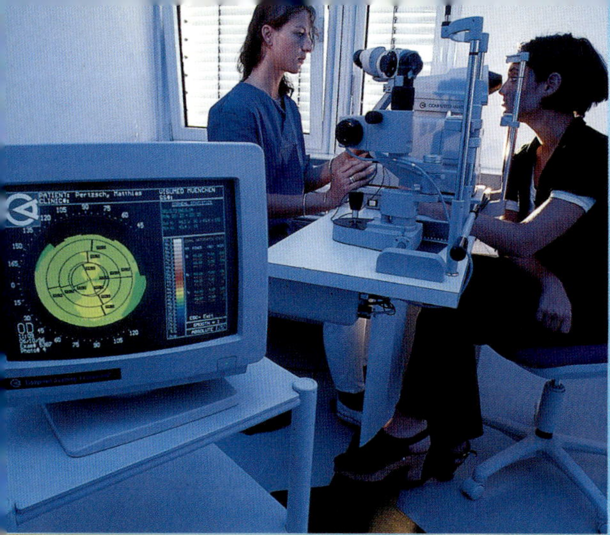

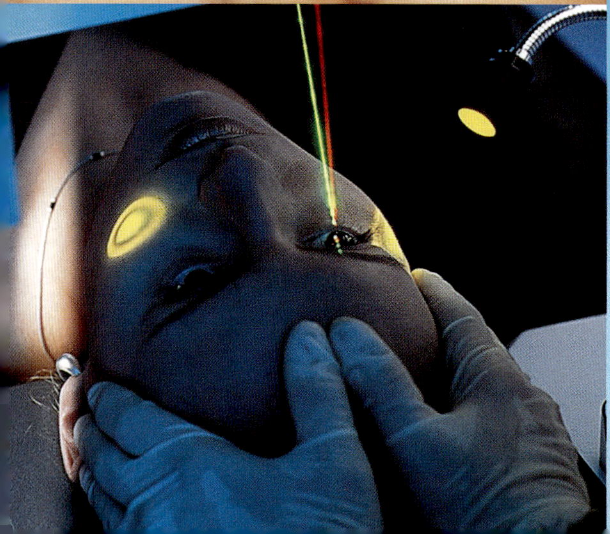

# Die ambulante Laserbehandlung

*In diesem Kapitel wird der genaue Ablauf der heute üblichen Laseroperationen zur Korrektur von Fehlsichtigkeiten beschrieben. Schließlich werden Sie noch über die Risiken einer solchen Laserbehandlung informiert sowie über die Wiederholungsmöglichkeiten der Operation, falls das Ergebnis nicht Ihren Wünschen entsprechen sollte.*

*Vermessung der Hornhaut mit einem Topografiegerät (oben).*
*Der Excimer-Laser ist ein schonender, äußerst präziser Kaltlichtlaser (unten).*

## Technische Details der Laserbehandlung

Zur operativen Korrektur von Fehlsichtigkeit wird inzwischen, dank neuester Entwicklungen, fast immer der Excimer-Laser eingesetzt. Der Eingriff ist unblutig, schmerzfrei und findet ambulant statt; Sie können also schon nach kurzer Zeit wieder nach Hause gehen.

Ziel der Laserbehandlung ist es, die optischen Eigenschaften des Auges, also seine Brechkraft, direkt zu verändern. Dazu wird im Zentrum der Hornhaut flächig eine geringe Menge des Gewebes abgetragen. Der Laserstrahl orientiert sich dabei an einer genauen »Oberflächenlandkarte« der Hornhaut. So kann die jeweilige Fehlsichtigkeit individuell korrigiert werden.

Bevor der genaue Ablauf der Behandlung geschildert wird, erhalten Sie zunächst Informationen zu:

- Hornhautvermessung
- Besonderheiten des Excimer-Lasers
- Eye-Tracking-System
- Möglichkeiten und Varianten der Hornhautabtragung

### Vermessung der Hornhaut

Mit dem Computer wird vor dem Eingriff die Hornhaut des Patienten mikrometergenau vermessen. Er erstellt ein exaktes Bild der Hornhautoberfläche, das durch seine Vielfarbigkeit an eine Landkarte mit Höheneintragungen erinnert. In dieser »Oberflächenlandkarte« des Auges werden die minimalsten Abweichungen des Auges vom Ideal, also sämtliche Bildfehler, aufgezeichnet.

Vermessen wird auch mit Hilfe der Wellenfrontmesstechnik (Aberrometertechnologie), eines Messverfahrens, das ursprünglich nur in großen Teleskopen eingesetzt wurde, um Verzerrungen auszugleichen, die durch die Atmosphäre entstehen.

Bei der Wellenfrontmesstechnik werden symmetrische Linien auf das Auge projiziert und mit dem verzerrten Bild verglichen, das durch sie auf der Netzhaut entsteht. Jede noch so kleine Abweichung der einfallenden Lichtstrahlen kann

**info**

**Vorteile der Lasertherapie**

- Ohne körperfremde Linsen
- Unblutig
- Mit Kaltlicht
- Ambulant
- Nach Gabe von Augentropfen schmerzlos
- Dauert nur wenige Minuten

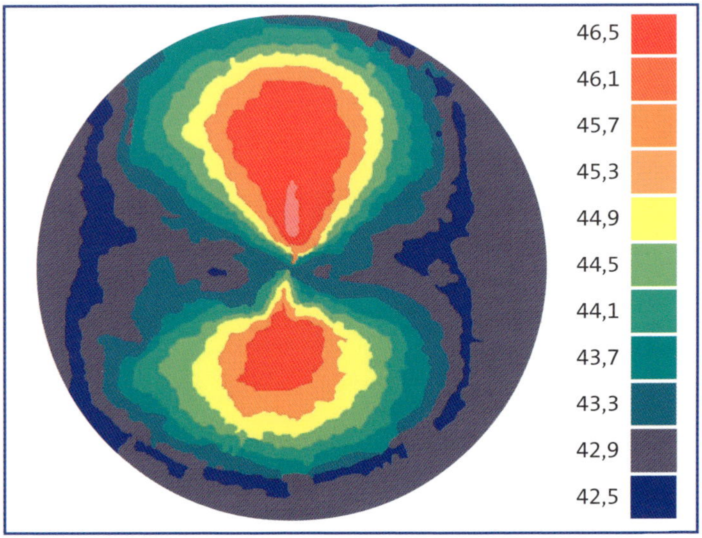


*Dies ist die Oberflächentopografie einer Hornhautverkrümmung. Die abweichenden Stellen werden vom Laser behandelt. Die Zahlenleiste verdeutlicht die unterschiedliche Brechkraft verschiedener Hornhautareale.*

so erkannt, vermessen und gespeichert werden. Die errechneten Messdaten können dann für die Laseroperation verwendet werden: Der Laserstrahl orientiert sich an diesen Vorgaben und gleicht auf diese Weise nicht nur die bestehende Fehlsichtigkeit des Patienten aus, sondern auch viele der zusätzlichen Unregelmäßigkeiten des Auges, beispielsweise eine Hornhautverkrümmung oder Narben an der Hornhautoberfläche. Auf diese Weise erhält der Patient eine ganz individuelle Hornhautbehandlung – denn kein Auge gleicht einem anderen.

## Computergestützte Technik

Der Excimer-Laser ist ein Kaltlichtlaser im unsichtbaren Ultraviolettspektrum; die Wellenlänge seines Lichts beträgt 193 Nanometer, und er hat eine Pulsrate von bis zu 200 Hertz. Der Excimer-Laser arbeitet mit einer Gasmischung von Argon und Fluorid. Sein Strahl behandelt ausschließlich die Oberfläche der Hornhaut und geht dabei sehr schonend vor. Da der Laserstrahl nur Bruchteile eines Millimeters in das Hornhautgewebe eindringt, wird dieses nur behutsam verändert; auch das Gewebe in der Umgebung der zu behandelnden Stelle wird nicht gefährdet. Die Energie, die pro Sekunde das Auge erreicht, wird von einem Computer genau berechnet, der mit den Messdaten des Auges gefüttert wurde. Er steuert nun den Strahlengang, den der behandelnde Augenchirurg zusätzlich kontrolliert.

## Die Form des Strahls

Seit der Laser für die PRK-Behandlung entwickelt wurde, gab es drei verschiedene Formen des Laserstrahls.

- Der flächenförmige Strahl: Der großflächige Strahl bestrahlt mit jedem Laserpuls die gesamte Hornhautfläche, die modelliert werden soll – das Verfahren nennt sich großflächige Ablation. Der Strahl hat dabei – durch eine sich schließende Blende – zu Beginn der Behandlung einen größeren Durchmesser als gegen Ende hin, so dass die behandelte Fläche die Form einer Mulde annimmt. Dieses Verfahren ist das ältere und wird mittlerweile eher selten angewendet.
- Der längliche Strahl (Slit-Scanning): Der Strahl wird linear über die zu behandelnde Fläche geführt. Dabei wird die Form eines Strahlbalkens erzeugt und über eine Blende geführt. Die Hornhaut wird so streifenweise behandelt.
- Der punktuelle Strahl (Flying-Spot-Verfahren): Der einzelne Strahl des Flying-Spot-Lasers hat hierbei nur einen Durchmesser von ein bis zwei Millimeter, so dass erst eine hohe Zahl den Effekt eines einzelnen Impulses des Flächenlasers erreicht. Ein schonenderer Abtrag der oberen Hornhautschicht und die über die Computersoftware ganz individuell veränderbare Gestaltung des Abtrags haben diese Technik in den letzten Jahren zum Standardverfahren werden lassen.

## Schonender Einsatz mit weichen Übergangszonen

Jeder einzelne Laserimpuls bricht Gewebeverbindungen der Hornhaut auf und trägt von dieser eine Schicht von etwa 0,25 bis 0,9 Mikrometer ab (1000 Mikrometer entsprechen einem Millimeter). Die Impulse sind ausgesprochen kurz und erfolgen 50-mal pro Sekunde. Mit dem bloßen Auge ist gar nicht erkennbar, wo eine einzelne Hornhautschicht abgetragen wurde. Erst wenn mehrere Schichten entfernt wurden, kann man eine Veränderung an der Hornhaut erkennen. Aufgrund der Tatsache, dass größere Bereiche der Hornhaut behandelt werden können – eine Neuerung der modernen Laser –, werden heute weichere Über-

Mit einer speziellen Poliertechnik (Wobble-Technik) wurde früher dafür gesorgt, dass der Übergang von der behandelten zur unbehandelten Zone der Hornhaut möglichst sanft verlief. Durch die neuen Techniken entfällt dieser Vorgang.

**info**

Bei der älteren Methode der Behandlung der Kurzsichtigkeit – der radiären Keratotomie – wurden Schnitte gemacht; die Abflachung der Hornhaut entstand noch als Folge der Spannungsänderungen der Hornhautoberfläche im Schnittbereich. Beim Excimer-Laser hingegen wird die Hornhaut direkt mit dem Laserstrahl modelliert – ohne Schnitte. Es handelt sich gewissermaßen um eine in die Hornhaut eingeschliffene »Brille«.

gänge zwischen den behandelten und den angrenzenden, unbehandelten Arealen der Hornhaut geschaffen. Es findet eine sanfte Abflachung der zentralen Hornhaut statt.

## Eye-Tracking-System

Da es dem Patienten zwar möglich ist, seinen Blick ruhig zu halten, nicht aber, unwillkürliche Augenbewegungen zu verhindern, wird zur Vermeidung von Fehlern bei der Laserbehandlung ein Blickverfolgungssystem verwendet.
Das so genannte Eye-Tracking-System kontrolliert jede noch so kleine Bewegung des Auges und bewirkt, dass der Laserstrahl immer zielgenau dorthin trifft, wo er Hornhaut abtragen soll. Das geschieht mit Hilfe einer Infrarotkamera, mit welcher der Laser verbunden ist. Weicht der Laserstrahl nur minimal von den berechneten Behandlungspunkten ab, korrigiert der Computer, oder er unterbricht aus Sicherheitsgründen automatisch die Laserbehandlung.
Um es dem Patienten zu ermöglichen, das Auge ruhig zu halten, wird zusätzlich ein rotes Laserfixierlicht eingeschaltet, auf das der Patient seinen Blick richtet und das für ihn während der Behandlung sichtbar bleibt.
Übrigens: Das Blickverfolgungssystem kommt ursprünglich aus der Militärtechnik.

## Unterschiedliche Abtragung der Hornhaut

Kurzsichtigkeit, Weitsichtigkeit und Hornhautverkrümmung werden heute meist mit dem LASIK-Verfahren behandelt, aber auch die PRK kommt bei leichten bis mittleren Formen der Kurzsichtigkeit und Hornhautverkrümmung zum Einsatz. Die folgenden optischen Überlegungen liegen dabei zugrunde.

- Bei Kurzsichtigkeit wird die Hornhaut in der Mitte abgeflacht

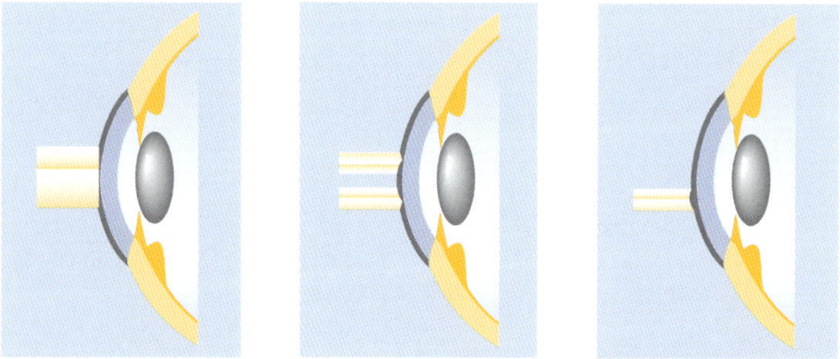

*Laserabtragungen der Hornhaut: Zentrale Abflachung bei Kurzsichtigkeit (links), zentrale Verstärkung der Krümmung bei Weitsichtigkeit (Mitte) und Entfernung der Zonen mit verstärkter Brechung bei Stabsichtigkeit bzw. Hornhautverkrümmungen (rechts).*

und so die Brechkraft des Auges reduziert. Es entsteht eine Art von Mulde. Eine gewisse Tiefe wird dabei nicht überschritten, um die bleibende Stabilität der Hornhaut zu gewährleisten. Wäre die verbleibende Hornhautschicht nämlich zu dünn, könnte es später zu Komplikationen wie einer Vorwölbung der Hornhaut (Keratektasie) kommen. Nach der Operation ist der Brechwert des Auges verändert; eintreffende Lichtstrahlen treffen jetzt wieder gebündelt auf der Netzhaut auf.

- Bei der Behandlung der Weitsichtigkeit wird die Brechkraft der Hornhaut in ihrem zentralen Bereich erhöht. Dazu wird um das Zentrum herum ein ringförmiger Graben in die Hornhaut eingeschliffen. So entsteht in der Mitte der Hornhaut ein Bereich mit stärkerer Oberflächenkrümmung.
- Bei der Behandlung der Hornhautverkrümmung wird die Brechkraft der Hornhaut verbessert, indem genau das Gewebe abgetragen wird, das für die verstärkte Brechung der einzelnen Meridiane des Auges verantwortlich ist.

# Beratung und Voruntersuchung

Nach all den bisher geschilderten technischen Einzelheiten soll es jetzt um den Patienten selbst gehen.

- Was gilt es, vor der Operation zu beachten, auf was muss man sich einstellen?
- Welche Voruntersuchungen müssen gemacht werden, und in welchen Schritten läuft die Behandlung ab?
- Wie viel Zeit nimmt die ganze Laserbehandlung eigentlich in Anspruch?

Je genauer der Patient vor der Operation Bescheid weiß, desto besser kann er sich vorbereiten: Das verhindert übergroße Aufregung, aber auch falsche Planungen für die Tage nach der Operation.

Der Arzt sollte Ihnen auch alternative Behandlungsmöglichkeiten zur Lasertherapie nennen, etwa Operationsmethoden wie die astigmatische Keratotomie, die kein Laserverfahren ist.

## Die Beratung

Vor einem Eingriff steht zunächst die ausführliche Beratung durch den Augenarzt. Er sollte Ihnen alle Vor- und Nachteile der Laserbehandlung erläutern und all Ihre speziellen Fragen beantworten.

Es gibt noch einige spezielle Gründe, warum von einer Operation abzuraten ist, die hier im Einzelnen nicht aufgeführt werden. Sie sollten daher dem Augenarzt sämtliche Ihnen bekannten Krankheiten mitteilen.

Wenn Sie sich zur Operation entschlossen haben und keine medizinischen Bedenken bestehen (siehe Kasten), folgt eine genaue operationsspezifische Voruntersuchung. Aufgrund dieser Untersuchung kann Ihnen der Arzt genau sagen, ob der Eingriff infrage kommt.

## Die Voruntersuchung

In dieser operationsspezifischen Augenuntersuchung wird die Fehlsichtigkeit, die behandelt werden soll, genau gemessen.

### *Wichtige Vorbedingung*

Eine optimale Bestimmung des Brechungsfehlers ist bei der Voruntersuchung nur möglich, wenn Sie je nach Tragedauer und Sitz:

- Harte Kontaktlinsen ein bis vier Wochen vor diesem Termin nicht mehr tragen
- Weiche Linsen zwei bis acht Wochen nicht tragen

Die Linsen beeinflussen Form und Stoffwechsel der Hornhaut und können die Ergebnisse von Untersuchung und Behandlung verfälschen.

### Von einer Operation ist abzuraten

- Bei instabiler Fehlsichtigkeit (Änderung der Dioptrienstärke im letzten Jahr um mehr als eine Dioptrie)
- Bei Patienten unter 18 Jahren, da hier noch ein Wachstum des Auges möglich ist
- Während Schwangerschaft oder Stillzeit
- Bei Augenschädigungen durch Diabetes mellitus, rheumatischen Erkrankungen und bestimmten Immunerkrankungen
- Bei chronisch fortschreitenden Hornhauterkrankungen
- Bei Allergien (Behandlung in eine allergiefreie Zeit verschieben)
- Bei grauem Star, grünem Star, Netzhautablösung

## Augenlänge, Innendruck, Hornhautdicke

Mit Hilfe moderner Ultraschall- und Videoverfahren werden die Länge des Auges und die Dicke der Hornhaut gemessen, außerdem der Augeninnendruck. Die Dicke der Hornhaut ist ausschlaggebend für eine Laserbehandlung: Da bei der PRK höchstens minus sechs Dioptrien behandelt werden, stellt hier die Hornhautdicke meist kein Problem dar. Bei der LASIK-Behandlung von hoher Kurzsichtigkeit bildet sie aber den begrenzenden Faktor, da nach Präparation der Hornhautlamelle nur so viel Gewebe abgetragen werden darf, dass mindestens 250 Mikrometer unberührt bleiben. Dann ist die spätere Stabilität der Hornhaut nicht gefährdet.

## Untersuchung der vorderen Augenabschnitte

Die vorderen Augenabschnitte werden vom Augenarzt an der Spaltlampe beurteilt. Untersucht wird auch die Blendungsempfindlichkeit der Augen. Das Sehen bei Dämmerung und bei vermindertem Kontrast (die so genannte Kontrastsensitivität) wird getestet, und der Durchmesser der Pupille wird abgeschätzt. Außerdem ist eine Gesichtsfeldprüfung sinnvoll.
Auch die Menge der Tränenflüssigkeit wird gemessen; sie ist für den späteren Heilungsverlauf wichtig. Außerdem können die Beweglichkeit der Augen und die Koordination der Augenmuskeln des rechten und linken Auges getestet werden.

### info

Ob das Auge die nötige Menge an Tränenflüssigkeit produziert, stellt der Arzt mit Hilfe von Löschpapierstreifen fest, die für einige Minuten ins Auge gelegt werden (Schirmer-Test).

## Netzhautbeurteilung

Für einige weitere Untersuchungen muss die Pupille mit entsprechenden Augentropfen erweitert werden. So kann zum einen der Augenhintergrund, also die Netzhaut, untersucht werden. Findet der Augenarzt dort Veränderungen vor, die unter Umständen später einmal zu einer Ablösung der Netzhaut führen könnten, werden diese vorab mit einem Argon-Laser behandelt. Zum anderen werden noch einmal die Brechkraft der Augen sowie ihre Sehschärfe gemessen. Nach der Pupillenerweiterung ist

**Die Hornhauttopografie wird nach der Laserbehandlung noch ein- oder mehrmals durchgeführt, um das exakte Ergebnis der Operation zu überprüfen.**

der Patient für eine Weile von Tageslicht und Sonne extrem geblendet; er ist dann auch fahruntauglich.

## Farbige Ringe im Auge

Mit Hilfe eines computergestützten Hornhaut-Topografiegeräts wird dann die Oberfläche der Hornhaut vermessen; eine so genannte Hornhauttopografie entsteht. Das Gerät projiziert konzentrische farbige Ringe auf die Hornhaut. Der Patient blickt dabei auf eine Markierung, damit die Kreise auf die richtige Stelle im Auge projiziert werden. Die Kreise bilden sich, entsprechend der Hornhautwölbung, auf ihr ab und lassen jede noch so kleine Unregelmäßigkeit erkennen. An die 3000 Punkte werden dabei untersucht, und ihre spezielle Brechkraft wird ermittelt. Das entstehende Bild der unterschiedlichen Brechkraft aller Bereiche der Hornhaut erinnert an die Höhenliniendarstellung einer Landschaft.

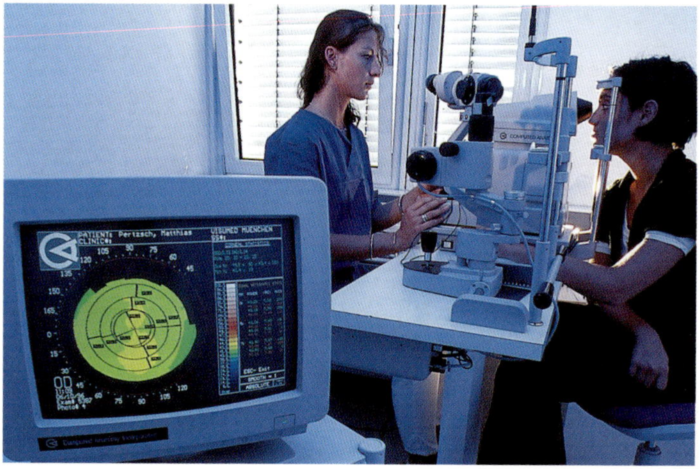

*Mit dem Hornhaut-Topografiegerät lassen sich Hornhautverkrümmungen, eine zu dünne Hornhaut oder Irregularitäten erkennen.*

## Was gegen einen Eingriff spricht

Nach all diesen Untersuchungen kann Ihnen der auf einen Lasereingriff spezialisierte Augenarzt genau sagen, ob für Sie eine Laserbehandlung infrage kommt, und wenn ja, welche (PRK oder LASIK). Der Arzt berät Sie dafür ganz individuell.
Dazu gehört u. a. auch der Ausschluss von Krankheiten und Befindlichkeiten, die gegen einen Eingriff sprechen würden (siehe dazu den Kasten Seite 62).
Gegen eine Behandlung spricht weiterhin, wenn Sie zu große Pupillen oder eine zu dünne Hornhaut haben. Letzteres kann der Fall sein bei einem Keratokonus (Vorwölbung der Hornhaut), der Kurzsichtigkeit und eine Hornhaut-

verdünnung mit sich bringt. Eine Laserbehandlung würde dann die ohnehin dünne Hornhaut zusätzlich schwächen. Mit dem Hornhaut-Topografiegerät lässt sich der Keratokonus im Vorfeld erkennen.

### Erst ein Auge, dann das zweite

Wenn Sie sich für eine Laserbehandlung entschieden haben und die Untersuchungsergebnisse nicht dagegen sprechen, vereinbart der Augenarzt mit Ihnen einen Termin für die Behandlung des ersten Auges. Das zweite Auge wird bei der PRK nicht am selben Tag behandelt, sondern erst nach ein bis zwei Wochen, da ein beidseitiger Augenverband problematisch wäre. Gewöhnlich wird die zweite Operation vorgenommen, wenn der Patient und der Arzt mit dem Ergebnis der ersten Behandlung zufrieden sind. Das kann in einzelnen Fällen vier Wochen oder auch drei Monate dauern. Beim LASIK-Verfahren wird das zweite Auge wegen der raschen Heilung oft schon nach zwei Tagen, manchmal sogar direkt anschließend behandelt.

## Der Ablauf der PRK-Behandlung

Die Behandlung findet immer ambulant statt (d. h., der Patient kann nach der Operation nach Hause gehen). Am Tag der Operation sollten Sie auf Folgendes achten.

- Sie können an diesem Tag ganz normal essen.
- Verzichten Sie aufs Schminken, da Farbpartikel ins Auge kommen können.
- Sie sollten keine Reizung oder Krankheit an den Augen haben.
- Harte Kontaktlinsen dürfen Sie ein bis vier Wochen, weiche Linsen zwei bis acht Wochen vor der Operation nicht tragen.
- Kommen Sie mit einer Begleitperson zur Behandlung, die Sie hinterher nach Hause bringt.
- Patienten, die sehr aufgeregt sind, können eine Stunde vor dem Eingriff eine Beruhigungstablette einnehmen; nötig ist dies aber nicht.

**info**

**Indikationen für PRK**

- Kurzsichtigkeit: bis –6 dpt
- Hornhautverkrümmung: bis 3 dpt
- Korrektur oberflächlicher Narben der Hornhaut und krankhafter Veränderungen der Hornhautoberfläche

Bitte bedenken Sie, dass Sie nach der Operation nicht Auto fahren können.

## Vorbereitung

Die Vorbereitung auf die Operation dauert 20 bis 30 Minuten. Der Patient bekommt mehrmals Augentropfen (Lokalanästhesie), damit die Behandlung auch völlig schmerzfrei abläuft, und eventuell eine Schmerztablette.

Während der Wartezeit gibt der Arzt oder ein Medizintechniker die Daten in den Computer ein, die bei der Voruntersuchung gemessen wurden: die Brechkraft des Auges, die angestrebte Verbesserung, die Dicke der Hornhaut und den Durchmesser der Behandlungszone. Der Computer berechnet daraus mit Hilfe eines aufwändigen Programms, wie viel Hornhaut abgetragen werden muss. Dieses Programm steuert dann den Laser während der Operation – natürlich kontrolliert vom operierenden Augenarzt.

### → Tipp

Der Arzt kann die geplante Laserbehandlung auf einem Blatt Papier skizzieren, wenn Sie dies wollen. Einige Augenärzte stellen auch vorab Videos zur Verfügung, in denen die Behandlung beschrieben und vorgeführt wird.

Nun wird der Excimer-Laser genau auf seine Funktionsfähigkeit überprüft. Es werden zur Probe eine Reihe »Laserschüsse« abgefeuert, und die ultraviolette Strahlung, die zu erwarten ist, wird gemessen. Das Gerät wird quasi geeicht. Sollte die Energie nicht ausreichen, wird das Gas in der Laserröhre ausgetauscht.

## Letzte Kontrollen

Wenn alle Geräte einsatzbereit sind, wird der Patient in den Behandlungsraum geführt. Er legt sich auf einer Liege auf den Rücken. Der Arzt reinigt nun das Auge und die Bindehaut, um Infektionsgefahren auszuschließen. Am Auge wird ein Lidsperrer eingesetzt, der verhindert, dass sich das Augenlid unkontrolliert schließt. Bevor der Arzt den Patienten auf der Liege unter das Lasergerät schiebt, erläutert er noch einmal kurz, wie die Behandlung verlaufen wird und wie sich der Patient zu verhalten hat.

### *Mitarbeit des Patienten ist gefragt*

Es ist wichtig, dass der Patient entspannt ist und seine Augen nicht aus Nervosität bewegt. Liegt der Patient schließlich unter dem Lasergerät, wird der Laserstrahl auf die richtige Höhe eingestellt und genau zentriert. Der Arzt überprüft durch

ein Operationsmikroskop noch einmal, ob alle Einstellungen korrekt sind. Mit diesem Mikroskop überwacht er dann auch die gesamte Laserbehandlung, die jederzeit unterbrochen und wieder fortgesetzt werden kann.
Zunächst wird die oberste Schicht der Hornhaut (Epithel) abgeschabt. Das ist völlig schmerzfrei.
Dann erscheint ein kleines rotes Licht, das der Patient während der folgenden Behandlung fixieren soll. Es bleibt während der gesamten Behandlung, die meist nur eine Minute dauert, gut sichtbar. Übrigens: Es besteht kein Grund zur Sorge, wenn das rote Licht dabei etwas verschwimmen sollte.

## Der Laser in Aktion

Nun erfolgt die Behandlung des fehlsichtigen Auges mittels der photorefraktiven Keratektomie. (Sollten Sie sich für die LASIK-Methode entschieden haben, erfahren Sie Einzelheiten zum Ablauf auf Seite 70ff.)
Die PRK-Behandlung dauert nur einige Minuten (meist nur eine Minute) und ist – wie gesagt – völlig

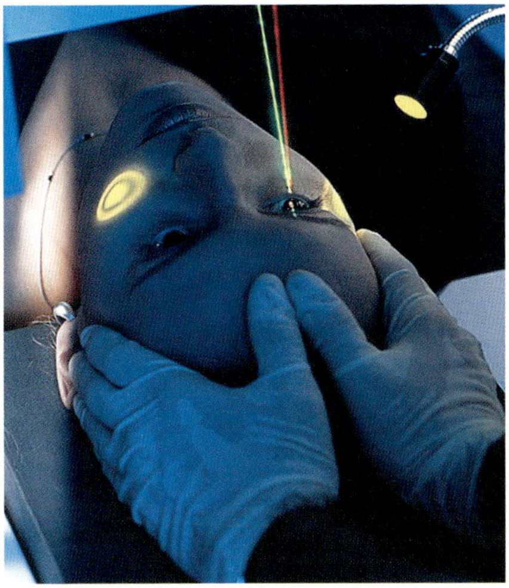

*Präzise, schmerzlos und berührungsfrei – der Laser garantiert ein schonendes Operationsverfahren. Während der Behandlung schaut der Patient auf ein rotes Licht.*

schmerzfrei, da das Auge ja mit Augentropfen betäubt wurde.
Der Laser wird eingeschaltet und trägt, wie individuell berechnet, schmerz- und berührungsfrei Teile der Hornhaut ab. Das geht schichtweise vor sich, da der Laserstrahl jeweils nur winzigste Gewebeteile abträgt.
Mehr als die vorher berechnete Tiefe der Hornhaut darf dabei nicht abgetragen werden, um spätere Komplikationen zu vermeiden (etwa eine Vorwölbung der Hornhaut durch den Augeninnendruck).
Der Durchmesser der abgetragenen Stelle beträgt sechs bis sieben Millimeter. Er soll jedoch sechs Millime-

**Das Programm des Lasers ist mit den Daten zahlreicher erfolgreicher Operationen gespeist. Mittels der Ergebnisse der Voruntersuchung wird es auf die Bedürfnisse des Patienten abgestimmt.**

Das Davor und das Danach sind bei einer Laserbehandlung aufwändiger als der Eingriff selbst.

ter nicht unterschreiten, um eine Regression (Rückbildung der Fehlsichtigkeit) und erhöhte Lichtempfindlichkeit zu verhindern.

### *Exakte Dosierung des Laserstrahls*

Damit genau die berechnete Menge an Hornhaut abgetragen wird, muss der Laserstrahl ganz exakt dosiert sein. Bei Kurzsichtigkeit wird eine in der Mitte stärker abgeflachte Hornhautoberfläche modelliert, eine winzige Mulde entsteht.

Was für die Behandlung der Kurzsichtigkeit gesagt wurde, gilt entsprechend für die Behandlung der Hornhautverkrümmung. Hierbei wird an verschiedenen Stellen Hornhautgewebe so abgetragen, dass die Hornhautoberfläche schließlich gleichmäßig gewölbt ist, vergleichbar einer Kugel.

**info**

**Die drei Schritte der Behandlung**

- Beratung und Voruntersuchung beim Augenarzt
- Operation durch denselben Arzt schnell und ambulant
- Nachbehandlung (auch durch den Hausaugenarzt möglich)

## Unspektakulärer Laser

Den Einsatz des Lasers stellen sich die Patienten meist aufregender vor, als er eigentlich ist.

- Erstens ist der ultraviolette Laserstrahl ja unsichtbar. Alles, was der Patient unter dem Lasergerät sieht, ist das rote Licht, mit dessen Hilfe er sein Auge fixiert.
- Zweitens sind kaum Geräusche hörbar. Der rund eine Minute bis wenige Minuten dauernde Einsatz des Lasers wird lediglich von einer Art Knattern begleitet.
- Drittens spürt der Patient die Manipulation am Auge zwar, doch ist der Eingriff absolut schmerzfrei und schneller vorbei, als man glaubt.

### *Physikalische Details*

Der Excimer-Laser ist ein Kaltlichtlaser; es entsteht im Auge keine Wärme, die zu Schäden führen könnte. Wahrnehmbar ist nur ein Geruch, der an versengte Haare erinnert. Dieser Geruch entsteht, während der Laserstrahl einzelne Moleküle des Hornhautgewebes aufbricht. Die festen Hornhautmoleküle gehen in einen gasförmigen Zustand über, der als Dampf entweicht und etwas streng riecht. Diesen Vorgang bezeichnet man als Photoablation, d. h., es findet eine

fotochemische Trennung des Gewebes statt. (Daher kann man das Operationsverfahren auch als photoablative refraktive Keratektomie bezeichnen.) Das alles geschieht jeweils in Bruchteilen von Sekunden: In Überschallgeschwindigkeit schießen die aufgebrochenen Moleküle heraus und erzeugen einen winzigen Rückstoß, der jedoch keine Schäden am Auge anrichtet. Lediglich ein Knattern ist für den Patienten dabei zu hören, das durch die zahlreichen kleinen Erschütterungen am Auge hervorgerufen wird.
Diese Rückstöße sind an sich harmlos. In zahlreichen Untersuchungen hat sich gezeigt, dass der Laser im Augeninneren keinerlei Wirkungen hinterlässt. Trotzdem werden vor der Laserbehandlung alle denkbaren Augenerkrankungen ausgeschlossen.

## Die Beendigung der PRK

Ist die Hornhaut richtig bearbeitet, stellt der Laser seine Arbeit ein. Das ist in der Regel nach etwa einer Minute Laserbestrahlung der Fall. Der Patient nimmt daraufhin noch einmal für etwa eine halbe Stunde im Wartezimmer Platz. Der Augenarzt untersucht anschließend nochmals das Auge und kontrolliert das Operationsergebnis.

### *Der Augenverband*

Meist wird sofort nach der Behandlung eine weiche Kontaktlinse auf die behandelte Stelle gelegt, die einige Tage auf dem Auge bleiben soll. Sie verringert die Schmerzen, die nach etwa einer halben Stunde auftreten, wenn die Betäubung des Auges nachlässt; sie wirkt wie ein Verband. Abschließend bekommt der Patient noch einen Augenverband angelegt.

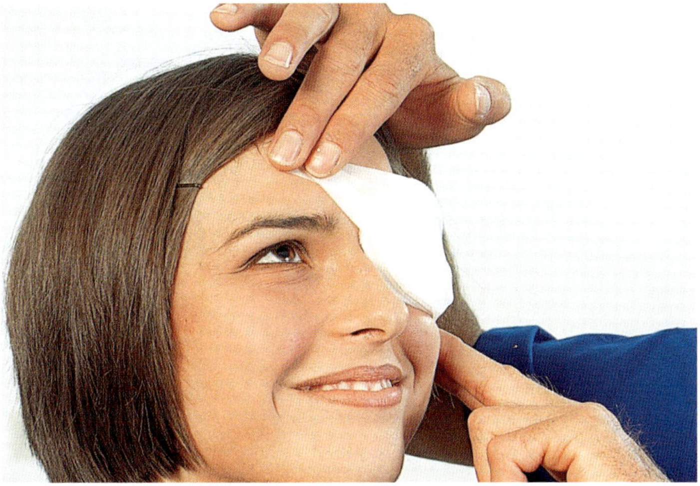

*Nach der Laserbehandlung wird ein Augenverband angelegt, der einige Tage auf dem Auge verbleiben muss. Das Auge erholt sich in der Dunkelheit unter dem Schutz des Verbands.*

## Der Ablauf der LASIK-Behandlung

Die Vorbereitungen zur Behandlung des Auges mit der LASIK-Methode entsprechen in etwa denen, die für die PRK-Behandlung beschrieben wurden.

Die PRK ist eine oberflächliche Behandlung der Hornhaut, LASIK geht dagegen tiefer ins Hornhautgewebe.

### Vorbereitung

Der Patient erhält betäubende Augentropfen und eventuell eine Schmerztablette. Der Arzt gibt währenddessen die in der Voruntersuchung gewonnenen Messdaten in den Computer ein und prüft die Funktionstüchtigkeit des Lasers. Der Patient legt sich auf dem Rücken auf eine Liege, und der Augenbereich wird steril abgedeckt. Nun reinigt der Arzt das Auge und die Bindehaut gründlich, damit keine Infektionsgefahr droht. In das zu behandelnde Auge wird ein Lidsperrer eingesetzt, um unwillkürliches Zwinkern zu vermeiden. Bevor die Laserbehandlung beginnt, erläutert er dem Patienten noch einmal kurz den Ablauf der Operation und gibt Anweisungen, wie sich der Patient zu verhalten hat. Denn es ist wichtig, dass dieser entspannt ist und seine Augen nicht aus Nervosität bewegt. Nachdem der Patient unter das Excimer-Lasergerät geschoben wurde, wird der Laserstrahl auf die richtige Höhe eingestellt und genau zentriert. Anschließend überprüft der Arzt durch ein Mikroskop, ob alle Einstellungen korrekt vorgenommen wurden.

**info**

**Indikationen für LASIK**

- Kurzsichtigkeit: bis –12 dpt
- Hornhautverkrümmung: bis 3 dpt
- Weitsichtigkeit: bis +5 dpt

### Operation im Hornhautgewebe

Bevor der Laser zum Einsatz kommt, wird beim LASIK-Verfahren mit einem Präzisionsmesser (Keratom) die obere Hornhautschicht vorsichtig ganz dünn eingeschnitten, allerdings nur teilweise, so dass eine Art Lamelle entsteht, die zur Seite geklappt werden kann. Im darunter liegenden Hornhautgewebe erfolgt dann die Abtragung durch Laserstrahlen.
Um die oberflächliche Hornhautschicht einzuschneiden, muss das Auge fixiert werden. Dies geschieht mit einem Saugring, der sich an den

Augapfel ansaugt, und mit einer Druckplatte mit Abstandshalter. Durch den Saugring wird das Auge kurz unter erhöhten Druck gesetzt und ist so lange unfähig zu sehen. Das verursacht bei manchen Patienten ein etwas unangenehmes Gefühl, ist jedoch ungefährlich und nur von kurzer Dauer.
Wenn das Präzisionsmesser, eine Art elektrischer Hobel, ein hauchdünnes Scheibchen einschneidet, sorgt der Überdruck des Auges dafür, dass sich das Auge versteift, so dass der Hornhauthobel präzise arbeiten kann. Das Hornhautscheibchen wird exakt parallel zur Oberfläche der Hornhaut geschnitten. Es ist nur etwa 0,15 Millimeter dünn und hat einen Durchmesser von acht bis neun Millimetern. Wichtig ist, dass es nicht vollständig vom Auge abgetrennt wird. Nur so kann der Arzt sichergehen, dass sich das Scheibchen später wieder genau an dieselbe Stelle zurückklappen lässt.
Das teilweise abgeschnittene Hornhautscheibchen wird anschließend vorsichtig weggeklappt, fast wie ein Buchdeckel. Der Arzt nimmt dafür eine gebogene Pinzette zu Hilfe. Dann wird das Wundbett getrocknet. Die frei liegende Hornhautschicht kann als Nächstes mit dem Laserstrahl behandelt werden.

### *Modellierung durch den Laserstrahl*

Nun setzt die Arbeit des Lasers ein. Auch bei der LASIK-Methode gilt: 250 Mikrometer der Hornhaut müs-

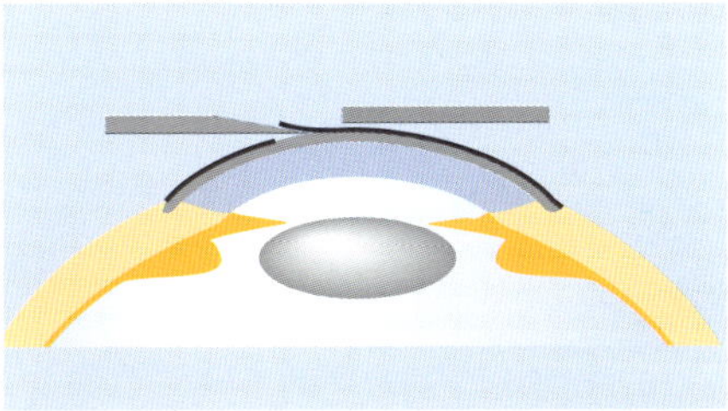

*Die obere Hornhautschicht des Auges wird mit einem Präzisionsmesser (links) teilweise abgeschnitten. Zu erkennen ist außerdem die Druckplatte (rechts).*

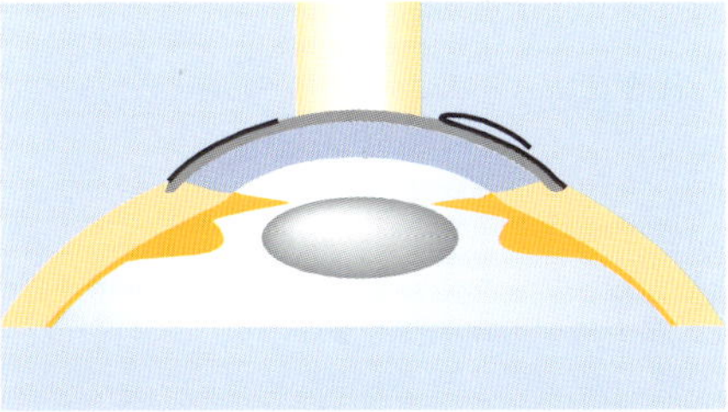

*Die Hornhautlamelle ist nun zur Seite geklappt (rechts neben dem Laserstrahl), und der Laser kann das Hornhautgewebe abtragen.*

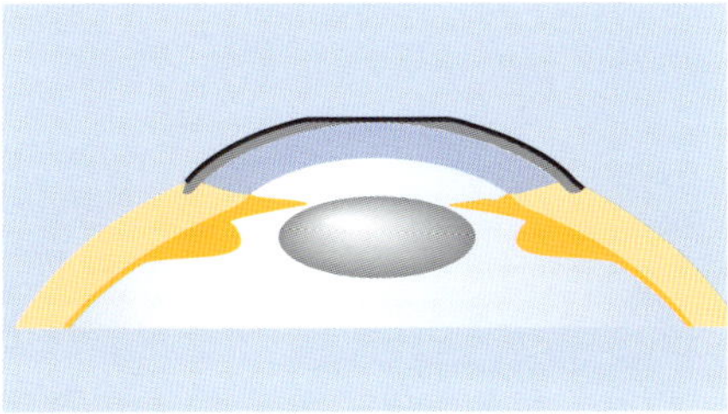

*Zum Schluss wird die Lamelle wieder zugeklappt und legt sich ganz genau an die untere Fläche an.*

sen unberührt bleiben, um spätere Komplikationen – etwa ein Vorwölben der Resthornhaut – zu vermeiden. Je nach Art der Fehlsichtigkeit modelliert der Excimer-Laser nun winzige Hornhautschichten.

## Schließen des Hornhautdeckels

Nach etwa einer Minute (bzw. nach wenigen Minuten) ist der Einsatz des Lasers schon wieder beendet. Der Arzt spült die Wunde ausgiebig, um eventuell verbliebene Reste auszuschwemmen und so einer Infektion vorzubeugen. Dann wird die Hornhautlamelle wieder in ihre ursprüngliche Position zurückgeklappt. Sie saugt sich innerhalb der nächsten zwei Minuten fest an und haftet danach ganz von selbst auf der Wunde. So dient sie als körpereigenes Pflaster und sitzt schon am nächsten Tag relativ fest auf dem Auge. Im weiteren Verlauf heilt der Schnitt ohne Naht ab – allein durch die Adhäsionskräfte.

### info

Das Prinzip der Blickverfolgung, das für das Eye-Tracking-System bei der Laserbehandlung verwendet wird, stammt aus dem Militärbereich. Dort wurde eine Infrarotkamera entwickelt, die damit dem präzisen, erschütterungsfreien Schießen des Leopard-II-Panzers dient.

## Die Beendigung von LASIK

Der Patient entspannt sich danach noch etwa eine halbe Stunde im Wartezimmer. Der Augenarzt untersucht dann nochmals das Auge. Zusätzlich legen einige Ärzte ihren Patienten einen Augenverband an. Anschließend kann der Patient nach Hause gehen.

## Schutz der Wunde

Der Patient sollte in den nächsten Tagen vorsichtig mit dem behandelten Auge umgehen.

- Auf keinen Fall darf man am Auge reiben oder das Auge stärker zukneifen.
- Auch Wasser darf nicht in die Wunde gebracht werden.
- Halten Sie den Kopf nicht unter die Dusche; das Hornhautdeckelchen könnte sonst verrutschen oder Falten werfen (wie eine Plastiktüte). Falls dies doch geschieht, ist es nicht so schlimm: Das Hornhautdeckelchen kann noch Wochen nach der Operation angehoben und wieder richtig gelegt werden.
- Achten Sie, wenn Sie Augentropfen in das Auge geben, darauf, dass Ihre Hände sauber sind.

## Heilungsprozess und Nachbehandlung

Oft schon am Tag nach der Operation kann der LASIK-Patient sich in der Regel über ein schärferes Bild ohne Brille oder Kontaktlinsen freuen. Wenn die oberflächliche Hornhautschicht verheilt ist – normalerweise nach Ablauf von etwa zwei Wochen –, ist meist schon die volle Sehschärfe erreicht.
Der PRK-Patient muss sich dagegen noch ein bisschen länger gedulden, bis er seine volle Sehschärfe wieder besitzt.
Ganz wichtig für den Heilungsprozess ist es in jedem Fall, dass sich der Patient streng an die Anweisungen des Arztes hält. Das betrifft zum einen die Medikamente und die Hygiene am Auge, zum anderen die unbedingte Einhaltung der Termine für die Nachuntersuchungen.

### Kurz nach der Behandlung

Nach der Laserbehandlung erhält der Patient einen Augenverband und darf auf keinen Fall im Auge reiben. Dann wird er mit Augentropfen und eventuell einem Schmerzmittel versorgt und kann anschließend, am besten mit einem Begleiter, nach Hause gehen.
Der Verband sollte bis zur Kontrolluntersuchung am nächsten Tag auf dem Auge bleiben.
Sie dürfen zu Hause beispielsweise Fernsehen schauen, wenn Sie sich dabei gut fühlen. Auch essen dürfen Sie wie gewohnt.
Bitte lesen Sie aber nicht, denn die Augenbewegungen beim Lesen verzögern die Heilung.
In den ersten Stunden nach der Laserbehandlung haben Sie ein Fremdkörpergefühl im Auge, und das Auge tränt etwas.
Wenn die Wirkung der Augentropfen nachlässt, können Schmerzen auftreten; diese dürfen aber nicht stark sein. Rufen Sie anderenfalls Ihren Augenarzt an.
Sie sollten den Augenarzt auch informieren, wenn sich – bei LASIK-Patienten ohne Verband – das Sehvermögen plötzlich stark verschlechtert.

**info**

Die Hornhautoberfläche ist vergleichbar mit unserer Haut. Je größer die abgeschürfte Stelle, desto schmerzhafter ist es, und desto länger dauert der Prozess der Heilung. Bei der LASIK-Behandlung ist die verletzte Zone bedeckt, daher gibt es während der Heilung weniger Schmerzen.

Halten Sie sich unbedingt an die Anweisungen des Arztes. Handeln Sie nicht eigenmächtig. Das könnte in der ersten Phase der Heilung schlimme Folgen haben.

## Die nächsten Wochen

Nach einer PRK-Behandlung sollten Sie für sieben bis zehn, nach einer LASIK-Behandlung für drei Tage eine Auszeit oder Urlaub nehmen.

- Während der ersten zwei Wochen dürfen Sie auf keinen Fall schwere körperliche Arbeiten ausführen; gegen leichte Tätigkeiten ist dagegen nichts einzuwenden.
- Verzichten Sie in den nächsten beiden Wochen auch auf Sauna und Schwimmbad, Solarium und Sport aller Art.
- Vermeiden Sie Arbeiten an staubigen Orten.
- Für Frauen gilt: Schminken Sie sich eine Woche lang nicht.
- Vermeiden Sie sechs Monate lang eine erhöhte UV-Belastung. Tragen Sie also am Meer oder im Gebirge eine Sonnenbrille.

*So, wie Sie der Augenarzt behandelt, sollten Sie sich auch selbst behandeln. Wenn Sie sich Tropfen ins Auge tun, müssen Sie sehr vorsichtig sein und auf peinliche Sauberkeit achten.*

## Der Heilungsprozess nach der PRK-Behandlung

Wenn die Wirkung der Augentropfen nachlässt, treten meist Schmerzen auf, vor allem in der ersten Nacht. Sie halten drei bis fünf Tage an, bis die oberflächliche Hornhautschicht sich wieder geschlossen hat, und können sich in Form eines Fremdkörpergefühls im Auge, eines Stechens oder einer Schwellung äußern. Eine weitere Begleiterscheinung ist ein stärkerer Tränenfluss, der auch mit dem Laufen der Nase kombiniert sein kann.

Der Heilungsprozess ist jedoch noch nicht abgeschlossen, wenn Sie keine Schmerzen mehr am Auge verspüren. Dann ist nur die Hornhautoberfläche verheilt. Die tiefer liegenden Hornhautschichten heilen dagegen langsamer: Bis die Hornhautzellen sich gründlich regeneriert haben, vergeht etwa ein Jahr. Erst dann treten sicher keine Schwankungen der Sehschärfe mehr auf. Die Sehfunktion stabilisiert sich allerdings schon während der ersten drei bis sechs Monate.

## Der Heilungsprozess nach der LASIK-Behandlung

Wenn die Wirkung der Augentropfen nachlässt, können auch hier manchmal leichte Schmerzen auftreten. Diese sind allerdings viel geringer als nach einer PRK-Behandlung. Das liegt daran, dass beim LASIK-Verfahren die dicht unter der Hornhautoberfläche liegenden Nerven kaum beschädigt werden. Deshalb kommt der Patient meistens ohne schmerzstillende Medikamente aus.
Die Heilung verläuft schneller als nach der PRK-Behandlung; aus diesem Grund stabilisiert sich auch die Sehkraft wesentlich schneller. Einige Wochen nach der Operation ist die Sehkraft dann relativ konstant, obwohl noch leichte Schwankungen auftreten können. Daher ist nach diesem Zeitraum nochmals eine Untersuchung geplant.
Die Komplikation einer Vernarbung des Hornhautgewebes tritt nach einer LASIK-Behandlung wesentlich seltener auf als nach einer PRK-Behandlung; auch eine Regression (Rückbildung der Fehlsichtigkeit) tritt hier seltener auf.

Nach der ersten Heilungsphase ist die durch die Operation bedingte vorläufige Sehverschlechterung überstanden.

## Die Nachbehandlung

Es ist ganz wichtig, dass Sie alle vereinbarten Nachuntersuchungstermine genau einhalten. Der Augenarzt überwacht so den Heilungsverlauf Ihres Auges und kann eventuelle Komplikationen frühzeitig erkennen.

### *Medikamente*

Zunächst wird das Auge mit antibiotischen Augentropfen behandelt, bis sich die Hornhautoberfläche geschlossen hat. Ist diese verheilt, wird manchmal noch für einige weitere Wochen mit kortisonhaltigen Augentropfen behandelt. Das Kortison beschleunigt den Heilungsprozess und sorgt vor allem dafür, dass sich auf der Hornhautoberfläche keine Narben bilden.

**info**

Antibiotika wirken einer bakteriellen Infektion entgegen. Kortison hat einen entzündungshemmenden Effekt. Beide Wirkstoffe sind – auch in Form von Augentropfen – verschreibungspflichtig und sollten genau nach Anweisung dosiert und angewendet werden.

Lässt die Wirkung der Augentropfen nach, kommt es unter Umständen zu Brennen, Tränenfluss oder einem Fremdkörpergefühl im Auge oder auch zu einer Schwellung. All diese Beschwerden halten höchstens zwei bis drei Tage an und sind völlig ungefährlich.

## Was geschieht bei den Nachuntersuchungen?

Falls eine Kortisonbehandlung nötig ist, misst der Augenarzt während dieser Zeit regelmäßig den Augeninnendruck, da dieser ansteigen kann. Diese Nebenwirkung lässt aber nach, sobald Sie die Tropfen nicht mehr nehmen.

Der Arzt misst auch verschiedene andere Werte regelmäßig, um den Heilungsverlauf besser beurteilen und eventuelle Probleme schneller erkennen zu können. So wird die Hornhautoberfläche kontrolliert, die Sehschärfe gemessen, die Empfindlichkeit gegen Blendung getestet, und die vorderen und hinteren Augenabschnitte werden untersucht.

## Vorübergehende Schwierigkeiten

In den ersten Wochen und Monaten nach der Operation kann es zu verschiedenen Beeinträchtigungen des Sehens kommen, die jedoch in den allermeisten Fällen nur vorübergehend sind und sich von selbst wieder legen. Dazu gehört beispielsweise eine Schwankung der Sehstärke, die durch den Heilungsverlauf hervorgerufen wird: Der Brechwert des Auges muss sich erst stabilisieren. In dieser Zeit können z. B. Arbeiten in der Nähe oder das Autofahren erschwert sein.

Einen kleinen Anteil der vorgenommenen Korrektur der Fehlsichtigkeit gleicht das Auge nach der Ope-

### Wichtig nach der Operation

- Reiben Sie sich in den ersten Tagen nach der Operation nicht die Augen.
- Halten Sie die Nachuntersuchungstermine unbedingt ein.
- Verwenden Sie die verschriebenen Augentropfen nach Vorschrift – nicht kürzer, aber auch nicht länger, als der Arzt angibt.
- Sollten plötzlich Schmerzen oder eine Sehverschlechterung eintreten, suchen Sie umgehend Ihren Augenarzt auf.

ration von selbst wieder aus; daher ist die Überkorrektur, die Sie zunächst erleben, vorübergehend.
In den ersten Wochen ist der Patient oft auch ein wenig licht- und blendungsempfindlicher als gewöhnlich.
Leichte Trübungen der Hornhaut, die während der Heilung ihrer Oberfläche auftreten, sind meist ebenfalls ein Zwischenstadium.
Bei Patienten, die generell unter einer starken Narbenbildung leiden, ist möglicherweise auch das Risiko einer (seltenen) Hornhautvernarbung erhöht, die das normale Sehen beeinträchtigt. Doch können diese Narben in einer weiteren Laseroperation beseitigt werden.

## Die Brille danach

Wurde erst ein Auge mit dem Laser behandelt, trägt man die Brille bis zur Operation des zweiten Auges mit einem Fensterglas vor dem schon behandelten Auge. Gelegentlich kann es während dieser Zeit Schwierigkeiten mit dem Sehgleichgewicht geben, da das beidseitige (so genannte binokulare) Sehen eingeschränkt sein kann, insbesondere dann, wenn der Brechkraftunterschied jetzt recht hoch ist. Das führt bei einigen Patienten zu Doppelbildern, Schwindelgefühl und Gleichgewichtsstörungen. Daher wird in diesen Fällen die Operation des zweiten Auges kurz nach der des ersten geplant.

## Kontaktlinsen nach der Operation?

Da die Hornhautoberfläche sich durch die Laseroperation verändert, kann es schwierig oder sogar unmöglich sein, Kontaktlinsen zu tragen. Es wurden jedoch spezielle Kontaktlinsen entwickelt, die sich nach einer Laserbehandlung bequemer tragen lassen, weil sie in der Mitte etwas dicker sind.
Da sich die Empfindlichkeit des Auges durch eine Operation aber auch vermindert, kann es passieren, dass die Kontaktlinsen besser vertragen werden als vorher. Doch eine Kontaktlinsenkorrektur ist nach der Behandlung nur sehr selten erforderlich.

Was Sie wissen sollten: Sie können bei starken Brechkraftunterschieden erst nach der Operation des zweiten Auges wieder ein Auto steuern.

**info**

Die Augen sind kurz nach der Laserbehandlung stärker blendungsempfindlich als gewöhnlich. Sie sollten sich daher so einrichten, dass Sie eine Zeit lang nicht auf das Autofahren im Dunkeln angewiesen sind.

## Risiken der Laserbehandlung

Grundsätzlich gibt es, trotz jahrzehntelanger Erfahrungen, bei keiner Operation am menschlichen Körper eine 100-prozentige Erfolgsgarantie. Genauso sieht es bei Augenbehandlungen mit dem Excimer-Laser aus: Auch hier kann im Voraus kein ganz bestimmtes Operationsergebnis zugesichert werden. Doch ist bei den heute verwendeten Verfahren das Risiko, dass nach der Behandlung ernsthafte Komplikationen auftreten, äußerst gering. Es liegt bei 0,5 bis 1,0 Prozent und ist damit ähnlich niedrig wie das Risiko beim Tragen von Kontaktlinsen.

### info

Allgemein gilt: Je geringer die Fehlsichtigkeit, desto geringer ist auch die Wahrscheinlichkeit von Nebenwirkungen, und desto höher ist die erreichbare Präzision der Ergebnisse.

Der zweite Punkt ist: Es kann zwar in beinahe jedem Fall eines Lasereingriffs am Auge eine deutliche Verminderung der Fehlsichtigkeit erreicht werden, doch besteht eben keine Garantie dafür, dass Sie nach der Operation ein Leben ganz ohne Brille führen können.

Dasselbe gilt natürlich auch für die »Langzeitwirkung« der Operation. Ob die nach der Behandlung erreichte gute Sehkraft für den Rest des Lebens bestehen bleibt, muss offen bleiben. Zwar sprechen die inzwischen über zehnjährigen Erfahrungen mit dem Excimer-Laser dafür, dass die Brechkraft auf Dauer konstant bleibt. Doch kann eine erneute Verschlechterung der Sehschärfe eintreten, die unabhängig ist von den Folgen des Lasereingriffs, etwa wenn sich der Augapfel weiter verlängert oder verkürzt oder wenn neue Erkrankungen hinzukommen.

### Prognose und Aufklärung

Zwei Dinge sind für den erfolgreichen Verlauf einer Augenbehandlung ganz wichtig.

- Zum einen sollte ein erfahrener Augenarzt (Chirurg) die Operation durchführen (siehe dazu auch das letzte Kapitel, Seite 88ff.).
- Zum anderen sollte der Patient sich ganz genau an die Anweisungen halten, die ihm der Augenarzt nach der Operation mit auf den Weg gibt.

Über die Chancen und Risiken, die eine Augenoperation mit dem Excimer-Laser mit sich bringt, spricht der Arzt bereits im Voraus mit Ihnen. Die Ergebnisse, die bei der Behandlung Ihrer Fehlsichtigkeit zu erwarten sind, können in etwa vorausgesagt werden: Der Augenarzt vergleicht dazu Ihre Fehlsichtigkeit mit der entsprechenden Fehlsichtigkeit anderer Patienten und informiert Sie über Ihre Chancen, nach der Operation ganz ohne Brille auszukommen.

Wie bei jeder Art von Operation können auch bei der Laserbehandlung des Auges unerwünschte Nebenwirkungen nicht völlig ausgeschlossen werden. Diese sollen in den folgenden Abschnitten genannt werden.

Entschließen Sie sich zu einer Laserbehandlung, sollten Sie sich über sämtliche Risiken im Klaren sein. Im Übrigen werden Sie vor der Laserbehandlung über diese Risiken aufgeklärt und wie bei jeder Operation gebeten, eine Erklärung zu unterzeichnen, dass Sie über die möglichen Risiken informiert worden sind.

## Fehler vor der Operation

Die Brechkraft des Auges kann falsch bestimmt werden. Ein Grund dafür könnte sein, dass der Patient seine Kontaktlinsen zu lange vor der Untersuchung oder der Behandlung getragen hat, was die Messergebnisse verfälscht. (Man sollte harte Kontaktlinsen ca. ein bis vier, weiche ca. zwei bis acht Wochen vor der Voruntersuchung und der Operation nicht mehr tragen.)

Es könnte auch sein, dass die Brechkraft des Auges fälschlicherweise nur ohne Pupillenerweiterung gemessen wird. Als Folge davon entsteht bei der Operation unter Umständen eine Über- oder eine Unterkorrektur.

Sollte der Arzt Hornhautveränderungen übersehen, die gegen eine Laserbehandlung sprechen (z. B. eine Hornhautentzündung oder eine Hornhaut-Kegelbildung), so kann auch dies einen nachhaltigen Einfluss auf die spätere Sehkraft haben.

### → Tipp

Die Kontaktlinsenkarenz ist abhängig von Tragedauer und Sitz; deswegen variieren die Wochenangaben stark. Hartlinsen alter Art (PMMA) sollten Sie sogar zwölf Wochen vor dem Eingriff nicht mehr tragen. Sprechen Sie darüber frühzeitig mit dem Arzt.

Ärzte, die LASIK- oder PRK-Operationen durchführen, haben eine zusätzliche Qualifizierung. Die Kurse führt die KRC (die Kommission Refraktive Chirurgie) durch, die dem Berufsverband der Augenärzte Deutschlands angeschlossen ist.

Technische Pannen sind, dank neuester perfektionierter Lasergeräte, so gut wie ausgeschlossen. Die Geräte sind so eingerichtet, dass sie bei geringsten Störungen sofort automatisch abschalten.

## Komplikationen während der Operation

Eine bei der Laseroperation der Augen selten auftretende Komplikation ist die Dezentrierung der Behandlungszone; häufiger sind Probleme mit dem hauchdünnen Hornhautscheibchen, das bei der LASIK-Behandlung teilweise eingeschnitten und weggeklappt wird.

### *Dezentrierung*

Dezentrierung bedeutet, dass die eigentlich für die Pupillenmitte bestimmte Laserbehandlung seitlich verschoben wird. Das Ergebnis ist dann eine in der Sehachse falsch gekrümmte Hornhaut, was später zu einer verstärkten Blendungsempfindlichkeit oder zum Sehen von Doppelbildern (ähnlich wie am Brillenrand) führen kann. Das Problem ist nicht immer leicht zu beheben.

### *Probleme mit dem Hornhautdeckelchen*

Das hauchdünne Hornhautdeckelchen (auch Flap genannt), das beim LASIK-Verfahren vor der Laserbehandlung eingeschnitten wird, ist eine weitere Quelle für Komplikationen. Normalerweise wird es bis

### Risiken im Überblick

Die Risiken sind nach der Häufigkeit ihres Vorkommens aufgelistet.

- Überkorrektur oder Unterkorrektur
- Regression (Rückbildung des Ergebnisses der Behandlung)
- Probleme mit dem Hornhautdeckelchen (LASIK)
- Blendungserscheinungen und Lichtempfindlichkeit
- Dezentrierung (falsch gekrümmte Hornhaut)
- Einwachsungen des Epithels
- Hornhauttrübung
- Falsche Berechnungen vor der Operation
- Infektionen und Narbenbildung
- Hornhautwölbung

auf einen kleinen Rest vom Auge getrennt, zur Seite geklappt und nach der Laserbehandlung wieder exakt zurückgeklappt. In seltenen Fällen kann dieses Deckelchen beschädigt oder ganz abgeschnitten werden, einreißen oder nach dem Zurückklappen Falten werfen. Doch ist hier leicht Abhilfe zu schaffen: Ist der Flap abgerissen, kann er wieder angenäht werden; wirft er Falten, kann er angehoben und erneut glatt aufgelegt werden.

### *Unregelmäßiger Abtrag*

Von großer Bedeutung ist, dass die Laserstrahlen gleichmäßig die Hornhaut abtragen. Eine Gefahr stellten hier früher unkontrollierte Augen- und Kopfbewegungen dar. Beides ist jedoch durch die modernen Blicknachführsysteme (das Eye-Tracking), die automatisch bei größeren Bewegungen des Auges den Laserstrahl abschalten, so gut wie ausgeschlossen.

### *Hornhautwölbung*

Bei der Voruntersuchung Ihrer Augen wird auch großer Wert auf die Messung des Augeninnendrucks und der Hornhautdicke gelegt. Dies hat eine besondere Bedeutung: Da die Hornhaut am Rand einen, in der Mitte aber nur etwa einen halben Millimeter dick ist, darf auf keinen Fall zu viel Gewebe abgetragen werden, da die dünne Hornhaut sich sonst durch den Augeninnendruck nach außen wölben könnte (Keratektasie). Das führt zu einer deutlichen Sehverschlechterung. Daher wird mit einer genauen Formel berechnet, wie viel Gewebe der Hornhaut abgetragen werden darf, ohne Schaden anzurichten. Ähnliche Folgen kann es im Übrigen auch haben, wenn vor der Operation eine Krankheit der Hornhaut übersehen wird.

**info**

Ein Problem der früher eingesetzten Flächenlaser waren die so genannten zentralen Inseln (Central Islands), die im Zentrum der behandelten Hornhautfläche auftreten konnten. Bei den modernen Lasern tritt dieses Phänomen eigentlich nicht mehr auf.

## Komplikationen nach der Operation

Der Heilungsverlauf nach der Laserbehandlung dauert einige Monate, auch wenn der Patient den Eindruck hat, die Wunde sei längst verheilt. Daher muss man – nach

Hat der Patient große Probleme durch das vorübergehende Sehungleichgewicht (etwa starkes Schwindelgefühl), kann der Arzt vorübergehend eine Kontaktlinse an das unbehandelte Auge anpassen, um diese Probleme zu beseitigen.

Bei etwa zwei Prozent der Behandelten bilden sich hauchzarte Narben; meist werden sie von den Patienten aber gar nicht bemerkt, da sie nicht stören.

genauer Anweisung des Arztes – das behandelte Auge entsprechend lange schonen; andernfalls können verschiedene Komplikationen auftreten.

### Verschiebung der Hornhautlamelle

Einige Tage sollte man auch das leichteste Reiben am operierten Auge vermeiden, damit sich das über die Wunde gelegte Hornhautdeckelchen nicht verschiebt. Es ist nämlich nach Wochen noch nicht ganz fest angewachsen. Der Vorteil: Da es noch nicht angewachsen ist, kann es, falls es doch zu Problemen kommt, in einer weiteren Operation erneut angehoben und an seinen richtigen Platz gelegt werden.

**info**

Schon während jeder Operation kann es theoretisch zu einer Infektion des Auges kommen. In die Schlagzeilen gerieten vor einiger Zeit Staroperationen, weil die bei den Operationen verwendeten Spülmittel offenbar nicht steril waren.

### Infektion

In der Zeit der Nachbehandlung ist es ganz wichtig, Sauberkeit einzuhalten, um eine Infektion zu vermeiden. Achten Sie darauf, dass Ihre Hände gewaschen sind, bevor Sie sich die Augentropfen verabreichen. Auch eine unzureichende Behandlung mit Antibiotika könnte die Infektionsgefahr erhöhen. Eine Infektion kann im schlimmsten Fall zu schweren und dichten Hornhautnarben führen.

### Vernarbung der Hornhaut

Hornhautnarben (auch Haze genannt) verschlechtern die Sehschärfe und machen das Auge anfälliger für Blendungen. Auch das Gegenlicht- und Kontrastsehen können durch sie beeinträchtigt werden.

Solche Narben entstehen nicht nur durch Infektionen, sondern auch, wenn der Patient allgemein zu verstärkter Narbenbildung und langsamer Wundheilung neigt.

Starke Hornhautnarben können in einer weiteren Laserbehandlung entfernt werden; in extrem seltenen Fällen kann jedoch auch eine Hornhauttransplantation erforderlich werden.

### Trübung der Hornhaut

Eine vorübergehende Trübung der Hornhaut, die man selbst vielleicht gar nicht bemerkt, kann zu einer vorübergehend erhöhten Blen-

dungs- und Lichtempfindlichkeit führen. So sieht man etwa bei Dämmerung schlechter oder nimmt im Dunkeln ringförmige Lichtreflexe um Lampen herum wahr.
Sehr selten kommt es zu einer bleibenden Trübung der Hornhaut; dann ist eine weitere Operation möglich, die diesen Zustand beheben kann.

### *Blendungs- und Lichtempfindlichkeit*

Falls nach der Operation Narben auf der Hornhaut entstehen, führen sie gelegentlich dazu, dass der Patient ungewohnt blendungs- und lichtempfindlich wird. Doch unterscheidet sich die stärkere Blendung nicht von der, die viele Kontaktlinsenträger oder Patienten mit »trockenen Augen« ohnehin täglich erleben.
Die stärkere Blendung kann jedoch auch aus einem anderen Grund auftreten. Bei der Laserbehandlung wird immer eine Zone von mindestens fünf Millimetern, nach Möglichkeit sechs Millimetern behandelt. Bei kleineren Zonen könnte folgendes Phänomen auftreten: Wenn tagsüber und bei hellem Licht die Pupille eng geschlossen ist, sieht der Patient nur durch die gelaserte Stelle. Bei Dämmerung und Dunkelheit öffnet sich dagegen die Pupille weiter, um mehr Licht einfallen zu lassen. Es fällt dabei auch durch den unbehandelten Teil der Hornhaut in das Auge ein; das kann unter Umständen zu stärkerer Blendung, aber auch zum Sehen von Doppelkonturen und Lichthöfen (so genannten Halos) führen.

### *Einwachsungen des Epithels*

Die oberflächliche Hornhautschicht, das so genannte Epithel, verheilt nach der Operation im Lauf der nächsten Wochen und Monate und wächst fest auf der Unterlage an. Es kommt gelegentlich vor, dass das Epithel unter das Hornhautdeckelchen wächst. Dies kann zu einer Verminderung der Sehkraft führen. Das Epithel muss dann unter Umständen in einer zweiten Operation entfernt werden.
Um das zu vermeiden, sollten Sie unbedingt regelmäßig die empfohlenen Nachuntersuchungstermine einhalten.

Einige Patienten mit höherer Lichtempfindlichkeit haben Probleme, nachts Auto zu fahren. Dieses Phänomen tritt jedoch nur bei stärkerer Weit- oder Kurzsichtigkeit auf.

### Augeninnendruck

Bei einigen Patienten kommt es zu einem (medikamentös bedingten) erhöhten Augeninnendruck, der sich von selbst wieder reguliert. Er entsteht durch die Gabe von kortisonhaltigen Augentropfen, die den Heilungsverlauf beschleunigen und dafür sorgen, dass die Wunde korrekt verheilt. So ist das Kortison, das ja als natürliches Hormon (Kortisol) auch im menschlichen Körper vorkommt, dafür zuständig, dass keine Narben auf der Hornhaut entstehen und dass sich der alte Brechungsfehler nicht wieder einstellt.
Da das Kortison bei einigen Patienten den Augeninnendruck erhöht, ist es auch aus diesem Grund wichtig, dass Sie regelmäßig zu den vereinbarten ärztlichen Kontrolluntersuchungen gehen. Zu hoher Augeninnendruck über längere Zeit ist ein Risiko für grünen Star.

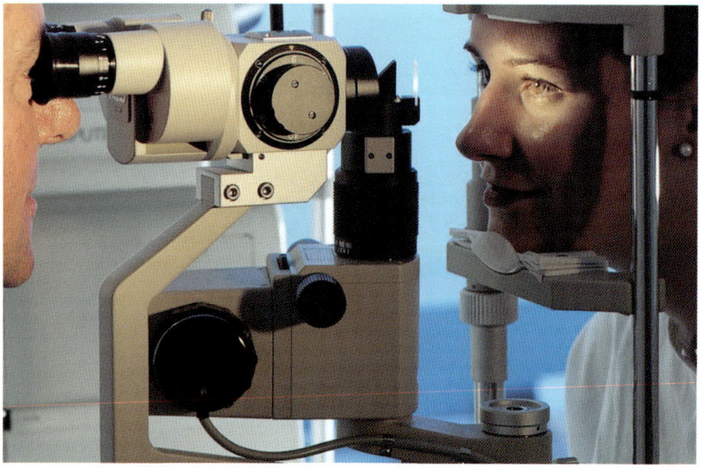

*Nach der Laserbehandlung sind die Kontrolluntersuchungen besonders wichtig, um vermeidbare Komplikationen auszuschließen.*

### Überkorrektur

Die Brechkraft muss während der Laserbehandlung etwas überkorrigiert werden, da das Auge einen kleinen Teil der Korrektur wieder zur alten Fehlsichtigkeit hin ausgleicht (Regression). So ist ein Kurzsichtiger nach der Operation unter Umständen eine Zeit lang gering weitsichtig. Dieser zu starke Effekt bleibt bei einem sehr geringen Prozentsatz der Patienten bestehen, so dass ursprünglich stark kurzsichtige Patienten nach der Behandlung gering weitsichtig sind. Falls dieser Zustand den Patienten stört, ist eine Nachkorrektur möglich. Der weitaus größte Teil der Patienten ist später jedoch normalsichtig.

### Regression

Bei stärker Kurzsichtigen kann es nach der Behandlung mit der PRK-Methode passieren, dass das Ergebnis der Laserbehandlung sich nach einigen Jahren wieder zurückbildet (so genannte Regression). Warum dies auftritt, ist noch nicht geklärt; auch kommt dieses Phänomen nicht oft vor.

## Wiederholung der Behandlung

In den allermeisten Fällen sind die Patienten mit dem Ergebnis der Laserbehandlung (sowohl PRK als auch LASIK) zufrieden; nach Umfragen sind das 93 Prozent. Doch gibt es, wie schon erwähnt, Fälle, in denen eine zweite Laserbehandlung notwendig wird.
Dazu gehören zum einen Probleme an der Hornhaut, die während des Heilungsprozesses entstehen und die Sehleistung erheblich beeinträchtigen können.
Zum anderen kann es sein, dass Patienten nach der ersten Behandlung mit der erreichten Sehkraft nicht zufrieden sind und eine weitere Behandlung wünschen – meist handelt es sich hier um extrem fehlsichtige Patienten.

### Gründe für eine zweite Behandlung

Während des Heilungsprozesses kann es bei manchen Patienten zu unerwünschten Erscheinungen kommen. Dazu gehören etwa Patienten, deren Hornhaut nach dem Verheilen eine verstärkte Narbenbildung aufweist, die das Sehen beeinträchtigt. Solche Narben können nicht nur dann entstehen, wenn der Patient allgemein zu einer verstärkten Narbenbildung und einer langsamen Wundheilung neigt, sondern auch dann, wenn eine Infektion nach der Operation auftritt, oder auch ohne erkennbaren Anlass, was jedoch extrem selten beobachtet wurde.
Eine Nachbehandlung kann auch dann erforderlich sein, wenn eine erneute Fehlsichtigkeit auftritt, also wenn sich das Auge weiter verlängert oder verkürzt. Das kommt unabhängig von den Folgen des Lasereingriffs bei stärker Kurzsichtigen häufiger vor.
Auch eine Fehlkorrektur, bei der das Ergebnis weit vom angestrebten

Auch weibliche Hormone (Antibabypille oder Hormonersatztherapie) können schuld daran sein, dass nach der Behandlung das Epithel verstärkt wächst.

**info**

Zahlen zum zweiten Eingriff: Nur bei etwa fünf Prozent aller behandelten Patienten wird anschließend noch eine zweite Laseroperation durchgeführt.

Ziel (plus eine bzw. minus eine Dioptrie) abweicht, kann eine zweite Operation erforderlich machen.

### Möglichkeit einer zweiten Behandlung

Die Behandlung mit dem Excimer-Laser kann mehrmals pro Auge durchgeführt werden. Voraussetzung dafür ist allerdings, dass die Hornhaut eine ausreichende Dicke aufweist, um die Gefahr einer Vorwölbung zu vermeiden. Fehlkorrekturen oder andere oben beschriebene Defekte sind in der Regel durch einen erfahrenen Operateur wieder behebbar. Je länger die Wartezeit nach der ersten Operation ist, umso präziser ist das Ergebnis.

**info**

Die Erfolgsaussichten bei einer zweiten Laseroperation sind sehr gut. Nach den bisherigen Erfahrungen kommt sie vor allem bei sehr stark Fehlsichtigen infrage; die Werte nach der zweiten Operation liegen dann im Bereich von plus/minus eine Dioptrie – d. h., im Alltag ist keine Brille notwendig.

Für eine zweite LASIK-Operation muss die Restdicke der Hornhaut unter dem wegklappbaren Hornhautdeckelchen ebenfalls eine bestimmte Stärke aufweisen. Aus Sicherheitsgründen müssen mindestens 250 Mikrometer unbehandelt bleiben.

Wird eine zweite Operation recht bald nach der ersten Operation geplant, kann das Hornhautdeckelchen ein weiteres Mal hochgehoben werden, um eine zweite LASIK-Behandlung durchzuführen. Ist die Behandlung dagegen länger her, wird das Deckelchen neu eingeschnitten.

## Das Positive zum Schluss

Nach einer Laserbehandlung brauchen mehr als 90 Prozent der Patienten keine Brille oder Kontaktlinsen mehr. Alle anderen Patienten kommen mit einer wesentlich schwächeren Sehhilfe aus. Gerade extrem Fehlsichtige und Menschen mit kombinierten Sehfehlern (wie starker Kurzsichtigkeit und Hornhautverkrümmung) können durch die neuen Laserverfahren eine neue Lebensqualität erreichen – selbst wenn die Sehkraft sich nicht so verbessert, dass sie nach dem Eingriff ganz ohne Brille auskommen. Durch Laseroperationen sind schon Tausende von Patienten zu zufriedeneren Menschen geworden. Weltweit waren es bereits mehr als zwei Millionen Fehlsichtige, die sich behandeln ließen.

## Internationale Studien

Beim LASIK-Verfahren für stark Fehlsichtige, das erst seit 1990 angewendet wird, sind bis zu 86 Prozent gute bis sehr gute Ergebnisse erzielt worden. In Nachbeobachtungsstudien lagen die Dioptrienwerte bei nach der LASIK-Methode Behandelten nach zwei Jahren noch um den Nullwert.
Da die LASIK-Methode inzwischen ausgereifter ist, als dies noch vor einigen Jahren der Fall war, und da sich bei dieser Methode kaum Schmerzen, aber erstklassige Behandlungsergebnisse einstellen, ist sie inzwischen zur Standardmethode geworden.

## Konzentriertes Know-how in großen Behandlungszentren

Der Erfolg der Methode hat auch zu einer Art Klinikbildung geführt. Es sind Behandlungszentren entstanden, die neueste Gerätetechnologie, konzentriertes Know-how von spezialisierten Augenärzten und anonymisierte Datenbanken für große Studien bieten. Dadurch werden bestimmte Risiken der Behandlung weiter minimiert.

## Neue Laser

Neben den bisherigen Excimer-Lasern wird seit geraumer Zeit mit Festkörperlasern experimentiert, die vielleicht einmal genügend ausgereift sein werden, um bei der Behandlung von Fehlsichtigkeiten eingesetzt zu werden.
Denkbar ist, dass sich auch solche Menschen ihre Augen operieren lassen werden, die gar nicht unter Fehlsichtigkeit leiden, sondern ihre Sehschärfe verbessern oder gar verdoppeln wollen. Das könnte für all diejenigen von Interesse sein, die berufsbedingt erstklassige Augen brauchen, wie etwa Chirurgen, Goldschmiede oder Piloten. Doch zunächst einmal profitieren von den modernen Methoden der Augenbehandlung die Fehlsichtigen, die mit Brille oder Kontaktlinsen nicht gut zurechtkommen oder die einfach den Augenkomfort von Normalsichtigen haben wollen.

Zu den Lasern, die sich noch in der Entwicklungsphase befinden, gehören z. B. der Neodym-YAG- oder Titan-Saphir-Laser und der Erbium-YAG-Laser. Sie arbeiten ebenfalls mit Ultraviolett- oder Infrarotlicht wie der Excimer-Laser und der Holmium-Laser.

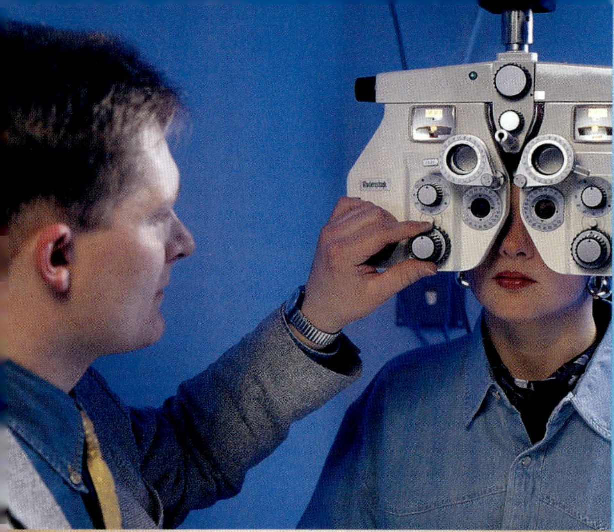

# Ärzte und Kosten

*Ein Eingriff am Auge ist natürlich eine Sache des Vertrauens – aber auch eine Kostenfrage, da die Laseroperationen als komfortmedizinische Operationen gelten. Das letzte Kapitel informiert Sie deshalb darüber, wie Sie den richtigen Therapeuten finden, welche Kosten Sie erwarten, was die Krankenkassen (nicht) zahlen und welche Steuervorteile Sie haben.*

*Eine genaue Augenuntersuchung und ausführliche Information sind unentbehrliche Entscheidungshilfen, wenn Sie eine Laserbehandlung der Augen planen.*

## Qualität ist gefragt

Eine Laseroperation ist natürlich in großem Ausmaß eine Sache des Vertrauens. Sie begeben sich in die Hände eines erfahrenen Arztes, der Sie behandeln wird, und Sie wollen sichergehen, dass er alles ihm Mögliche tun wird, damit diese Behandlung für Sie – und damit auch für ihn – ein Erfolg wird. Ausschlaggebend für den Erfolg der Laserbehandlung ist natürlich die Qualifikation des behandelnden Arztes. Diese wird durch ständige Fortbildungskurse sichergestellt; fragen Sie ruhig danach.

## Rasante Technikentwicklung

Ein weiterer Gesichtspunkt ist die Technik. Bei der Entwicklung von Lasergeräten wurden in den letzten Jahren rasche Forschungsfortschritte gemacht. Neben dem Excimer-Laser, der mit Kaltlicht arbeitet, und dem Holmium-Laser, der mit Warmlicht arbeitet, gibt es neuere Entwicklungen, die vielleicht schon bald für Operationen eingesetzt werden können: Das sind verschiedene Festkörperlaser wie der Neodym-YAG- oder Titan-Saphir-Laser und der Erbium-YAG-Laser. Auch die Technik der Excimer-Laser hat sich erheblich weiterentwickelt. Was vor ein paar Jahren noch als brandneu galt, ist unter Umständen heute schon wieder veraltet. Deshalb ist es besonders wichtig, dass der Arzt, bei dem Sie sich behandeln lassen, über ein Lasergerät nach derzeit gültigem Standard verfügt und dass die Software, mit der der Computer dabei arbeitet, immer wieder nachgerüstet wird.

Die relativ hohen Kosten der Geräte haben u. a. auch zur Bildung von Behandlungszentren geführt, in denen neueste Geräte im Pool eingesetzt werden und ein hohes medizintechnisches Know-how besteht.

**info**

**Wer nimmt Laseroperationen vor?**

- Augenärzte
- Kliniken
- Universitätskliniken
- Augenzentren / Laserzentren (z. B. VisuMed)

# Wer führt die Behandlung durch?

Die Laserbehandlung von Fehlsichtigkeit wird in Deutschland inzwischen in zahlreichen Städten angeboten. Einerseits sind (spezialisierte) Kliniken und Laserzentren auf solche Operationen gut eingerichtet, andererseits wird die Laserbehandlung auch in immer mehr Augenarztpraxen angeboten.

Bei Kliniken und Behandlungszentren werden Sie im Allgemeinen kostenlos erstes Informationsmaterial erhalten; teilweise gibt es Videos mit dem Ablauf der Operation. Meist werden auch kostenlose Informationsabende durchgeführt. Nehmen Sie dieses Angebot wahr, und machen Sie sich vor der Behandlung ein Bild.

## Qualitätssicherung

Alle Augenärzte sind natürlich bemüht, ihren Patienten entsprechende Qualitätsstandards zu bieten. Kein Arzt darf, ohne bestimmte Vorschriften und Regeln bezüglich der Qualität und Sicherheit einzuhalten, Patienten mit Lasergeräten operieren. In diesem Zusammenhang hat der Berufsverband der Augenärzte Deutschlands e.V. (BVA) so genannte Qualitätssicherungs-Richtlinien für die refraktive Chirurgie herausgegeben. (Diese sind im Übrigen auch im Internet für jedermann einsehbar.) In diesen Richtlinien wird festgelegt, welche Qualifikationen Augenärzte erfüllen müssen, die Laseroperationen am Auge durchführen.

So sollen die Ärzte beispielsweise an Fortbildungskursen teilnehmen, die in einer Bescheinigung bestätigt werden. Diese Bescheinigung ist Voraussetzung dafür, dass der entsprechende Arzt in eine Anwenderliste aufgenommen wird. Diese Liste wird jedes Jahr aktualisiert; die regelmäßige Teilnahme an den genannten Fortbildungskursen ist Voraussetzung, um in der Liste zu verbleiben.

- Die Liste der Anwender und zusätzliche Informationen zur refraktiven Chirurgie finden Sie im Internet beispielsweise unter der Adresse: www.augeninfo.de oder www.visumed.de.

Auch die Zentren für (Augen-)Laserbehandlungen sind im Internet vertreten, ebenso wie Erfahrungsberichte von Patienten.

Bei Infoabenden haben Sie auch Gelegenheit, Menschen in der gleichen Situation wie Sie kennen zu lernen und mit ihnen ins Gespräch zu kommen.

### → Tipp

Schauen Sie einmal ins Internet. Dort finden Sie bei entsprechender Stichwortsuche Informationen unterschiedlichster Art – auch beispielsweise Erfahrungsberichte von Patienten.

## Wie findet man den richtigen Arzt?

Nicht allein Informationsabende und Broschüren, sondern vor allem ein Gespräch kann Ihnen schnell einen Eindruck vom behandelnden Arzt vermitteln. Da es sich um eine wichtige Entscheidung in Ihrem Leben handelt und es schließlich um nichts weniger als Ihre Augen geht, sollten Sie nichts überstürzen. Neben der – eigentlich selbstverständlichen – Qualifikation des Arztes ist auch das Vertrauen zu dem Arzt, der Sie operieren soll, eine ganz wichtige Sache. Nur so begeben Sie sich gelassen und erfolgssicher in die Behandlung hinein. Vertrauen und Ruhe sind auch wichtige Faktoren, um die Heilung nach der Behandlung zu fördern.

### Umfassende Beratung

Nach der Lektüre dieses Ratgebers wissen Sie schon relativ gut Bescheid, was auf Sie zukommt, welche Vor- und Nachteile eine Laseroperation hat und welche Risiken zu bedenken sind. Sie können also die Beratung eines Arztes einschätzen. Sie können besser beurteilen, was der Arzt alles anspricht, d. h., ob er Sie wirklich umfassend informiert und ob er Sie z. B. auch über Risiken aufklärt.

*Für jede Behandlung und jede Operation wichtig: das vertrauensvolle Gespräch mit dem Arzt.*

Sie können weiterhin ganz konkret bestimmte persönliche Fragen stellen, und der Arzt Ihres Vertrauens sollte Ihnen diese Fragen beantworten (können).

### Beratung bei Problemen

Wenn nach einer Laserbehandlung Probleme auftauchen, können Sie sich an die Beratungsstelle »Refraktive Laserchirurgie« wenden (Düsseldorfer Geschäftsstelle des BVA, des Berufsverbands der Augenärzte).

**Die Beratungsstelle »Refraktive Laserchirurgie« berät auch in Fragen der ärztlichen Haftpflicht.**

Zum Vergleich: Die Implantation eines Hornhautrings kostet pro Auge zwischen 2000 und 3500 DM. Das Einsetzen einer Kunstlinse kostet pro Auge zwischen 1800 und 3000 DM.

## Die Kosten von Laseroperationen

Die aufwändige Technologie bei Laserbehandlungen hat natürlich Einfluss auf die Kosten. Teure Geräte und Computersoftware sowie die Ausbildung und Weiterbildung der Ärzte haben ihren Preis.

- Die Kosten für die PRK-Behandlung liegen pro Auge bei rund 3500 DM.
- Die Kosten für die LASIK-Behandlung liegen pro Auge bei etwa 4200 bis 4900 DM (je nach Gerätestandard).
- Die verschiedenen Vor- und Nachuntersuchungen sind in diesen Kosten enthalten.

Abhängig sind die Preise auch von der individuellen Ausgangslage und der Stärke der Fehlsichtigkeit. Daher können diese Angaben nur als ungefähre Richtschnur dienen. Erkundigen Sie sich in einem Beratungsgespräch ruhig auch nach den Kosten, die auf Sie zukommen. Der Arzt wird Ihnen dann eine Einzelaufstellung der ärztlichen Leistungen und der voraussichtlichen Kosten des bei Ihnen geplanten Eingriffs geben. Es handelt sich dabei um Kosten für:

- Voruntersuchung
- Operation
- Nachuntersuchungen

Haben Sie sich zu einem Eingriff entschlossen und wollen Sie einen Termin vereinbaren, werden Sie außerdem gebeten, eine Honorarvereinbarung zu unterschreiben.

**info**

Alle Augenoperationen mit dem Laser gelten als ärztliche Privatleistungen. Ärztliche Privatleistungen werden generell auf der Grundlage der jeweils gültigen Gebührenordnung für Ärzte (GOÄ) berechnet.

## Was bezahlen die Krankenkassen?

Alle Operationen der refraktiven Chirurgie (also Operationen am Auge mit dem Ziel, die Sehkraft zu verbessern) gehören zu den individuell zu finanzierenden Gesundheitsleistungen. Das bedeutet, dass die gesetzlichen Krankenkassen diese Behandlungskosten grundsätzlich nicht übernehmen – sie gelten als ärztliche Privatleistungen. Das gilt auch, wenn der Patient nachweisen kann, dass er Brille oder Kontaktlinsen nicht verträgt.

## Gesetzliche Krankenkassen

Die gesetzlichen Krankenkassen führen die verschiedenen Verfahren der refraktiven Chirurgie nicht in ihrem Leistungskatalog auf und sind daher auch nicht berechtigt, sie zu erstatten. Dies hat auch das Bundessozialgericht in seinen jüngsten Urteilen bestätigt.
Es gibt jedoch Ausnahmen von dieser Regel. Sollte der Unterschied der Brechkraft des linken und des rechten Auges erheblich sein und der Betroffene nachweislich weder Brille noch Kontaktlinsen vertragen – das bedeutet, dass eine medizinische Indikation vorliegt –, kann es durchaus sein, dass die gesetzliche Krankenkasse (AOK, Ersatzkasse usw.) Zuschüsse gewährt. Die Krankenkasse fordert dann gewöhnlich einen Kostenvoranschlag des Arztes, der operieren wird.

## Keine Leistung bei »Komfortmedizin«

Für die gesetzlichen Krankenkassen besteht dazu jedoch keine Erstattungspflicht, wenn es sich um eine so genannte komfortmedizinische Leistung handelt.

Wenn Sie glauben, dass für Sie eine medizinische Notwendigkeit für einen Lasereingriff am Auge besteht, sollten Sie das einerseits mit dem Arzt besprechen und in einem Gespräch mit Ihrer Krankenkasse genau abklären.

### *Bezahlung von Vor- und Nachuntersuchungen*

Die individuelle Voruntersuchung vor einer unter Umständen infrage kommenden Laseroperation übernimmt die gesetzliche Krankenkasse nicht. Auch die Kosten für die Nachuntersuchungen innerhalb der ersten drei Monate nach der Operation muss der Patient grundsätzlich selbst bezahlen; sie werden nach der Gebührenordnung für Ärzte (GOÄ) abgerechnet.
Nach drei Monaten gilt die Behandlung im Rahmen eines refraktivchirurgischen Eingriffs normalerweise als abgeschlossen. Für zeitlich darüber hinausgehende Untersuchungen, die auch jeder andere Kassenaugenarzt

Übrigens: Auch die Implantation eines Hornhautrings oder einer Kunstlinse wird üblicherweise weder von den gesetzlichen noch von privaten Krankenkassen bezahlt.

**→ Tipp**

Erkundigen Sie sich auf jeden Fall bei Ihrer Krankenkasse. Auch die gesetzlichen Krankenkassen können Zuschüsse gewähren, wenn ein triftiger Grund für einen Lasereingriff vorliegt.

Bitte bedenken Sie: Nach dem Lasereingriff sind Sie ein paar Tage nicht arbeitsfähig. Planen Sie die entsprechende Zeit ein, wenn Sie berufstätig sind. Für eine »Lifestyleoperation« können Sie sich nicht krank schreiben lassen.

vornehmen kann, ist hingegen die gesetzliche Krankenkasse zuständig. Dasselbe gilt für eventuelle Komplikationen, die nach der Operation auftreten. Auch hier können die entstehenden Arztkosten zulasten der gesetzlichen Krankenkasse abgerechnet werden.

## Private Krankenkassen

Im Gegensatz zu den gesetzlichen Krankenkassen übernehmen manche privaten Krankenkassen die Gesamtkosten einer PRK- oder LASIK-Behandlung oder geben zumindest einen Zuschuss – allerdings in unterschiedlicher Höhe.

## Medizinische Indikation

Die Höhe des Zuschusses hängt von der jeweiligen Krankenkasse, aber auch vom Ermessen des zuständigen Sachbearbeiters ab. In erster Linie können Sie sich hier aber nach dem individuellen Versicherungsvertrag richten, den Sie mit der Versicherung abgeschlossen haben. Am ehesten übernehmen private Krankenversicherungen die Kosten der Operation, wenn bei den Betroffenen eine medizinische Indikation vorliegt.
Eine nachgewiesene Unverträglichkeit von Brille oder Kontaktlinsen ist jedoch auch bei den privaten Krankenkassen kein zwingender Grund für die Erstattung einer Laserbehandlung.

### → Tipp

Als Privatpatient sollten Sie mit dem für Sie zuständigen Sachbearbeiter sprechen. Private Versicherungen sind bei Zuschüssen bisweilen kulant.

### *Bezahlung von Vor- und Nachuntersuchungen*

Für die Vor- und Nachuntersuchungen, die bei einer Laseroperation immer notwendig sind, kommen auch private Krankenkassen nicht selbstverständlich auf. Sprechen Sie vor der Behandlung mit Ihrem Sachbearbeiter.

# Steuervorteile

Es gibt die Möglichkeit, die Kosten einer Laserbehandlung am Auge steuermindernd in Ansatz zu bringen: In der Regel kann man sie in der Steuererklärung als außergewöhnliche Belastung geltend machen. Sprechen Sie mit Ihrem Steuerberater darüber.

## Impressum

Der Südwest Verlag ist ein Unternehmen der Econ Ullstein List Verlag GmbH & Co. KG, München.





Redaktion:
Bettina Jung, Dr. Elfi Ledig

Redaktionsleitung und medizinische Fachberatung:
Dr. med. Christiane Lentz

Bildredaktion:
Gabriele Feld

Produktion:
Manfred Metzger (Leitung), Annette Aatz

Umschlag:
Werbeagentur Lohmüller, Berlin; Reinhard Soll

DTP/Satz:
Wolfgang Lehner, München; Wendelin Lomeg, München

Druck:
Peschke Druck, München

Bindung:
R. Oldenbourg, München

Printed in Germany

Gedruckt auf chlor- und säurearmem Papier

ISBN 3-517-06202-2


## Über die Autoren

*Dr. med. Irmgard Huber* ist Ärztin und Vorstandsmitglied der VisuMed AG, Zentren für Augen-Behandlung.
*Dr. med. Wolfgang Lackner* ist niedergelassener operierender Augenarzt und Ophthalmochirurg. Er ist Gründungsmitglied des VisuMed-Zentrums München.
Koautorin: *Bettina Jung*

## Fachmedizinische und technische Beratung

*Fachmedizinische Beratung:* Dr. med. Bertram Meyer, Augenarzt und Ophthalmochirurg, Köln
*Technische Beratung:* Dipl.-Ing. Matthias Pertzsch, Vorstand Operations, VisuMed AG, München

## Hinweis

Dieses Buch ist sorgfältig erarbeitet worden. Dennoch erfolgen alle Angaben ohne Gewähr. Weder Autoren noch Verlag können für eventuelle Nachteile oder Schäden, die aus den im Buch gemachten Hinweisen resultieren, eine Haftung übernehmen.

## Bildnachweis

Alle Bilder stammen von VisuMed AG, München (Fotograf: Jan Greune, Münsing) außer: Bilderberg, Hamburg: 15 (Florian Wagner); Image Bank, München: 6 (Alain Choisnet), 19 (Clark); Mauritius, Mittenwald: 20, 34 (Hubatka), 23 (age), 26 (Cupek), 88 o. (Widmann), 88 u. (Ripp); Premium, Düsseldorf: Titel (Images Colour); Tony Stone, München: U4, 6, Tippkasten (Jerome Tisne); Südwest Verlag, München: 4 (G. Meros)


## Danke

Wir danken der VisuMed AG für Informationen und für die Zurverfügungstellung von Fotos. VisuMed hat sich auf die Korrektur von Kurz-, Weit- und Stabsichtigkeit mit dem Excimer-Laser spezialisiert. Die VisuMed-Zentren für Augenbehandlung arbeiten im Verbund mit bundesweit 70 auf die Laserbehandlung spezialisierten Augenärzten. Die acht Zentren (Köln, München, Stuttgart, Berlin, Düsseldorf, Münster, Dortmund, Frankfurt/M.) verfügen über modernste Geräte und hohes medizintechnisches Know-how.
Bundesweiter Telefonservice:
01 80 / 5 35 95 95
Internet: www.visumed.de


VisuMed®

# REGISTER